Giuseppe Pinamonti

Trento sue vicinanze industria, commercio e costumi de' trentini

Fare manifeste, esponendo pure verità senza ornamenti, le molte inesattezze e menzogne scritte sopra Trento e il Trentino da geografi ed istorici, e segnatamente da viaggiatori, tra i quali si distinsero in ciò assai poco fa il francese Mercey e il tedesco Lewald: mettere lo straniero che visita la nostra città e 'l nostro paese in cognizione di quello che a parer mio può dilettarlo e giovargli: animare la trentina gioventù a procurar di conoscere sempre meglio la patria regione e la sua istoria, queste sono le intenzioni che io m'ebbi nel dettare e pubblicar questo scritto, che pria di uscire alla luce fu, a mia istanza, da due eruditi Cavalieri trentini emendato e di belle notizie accresciuto.

Trento, 1836.

Gioseffo di Giambattista
Pinamonti da Rallo

Descrizione o Guida di Trento

Trento è città edificata su la sinistra ripa del fiume Adige, e su la destra del fiumetto Fersina, che altri appellano torrente, tributario di quello, ai piè della pendice detta le Laste, pendice, la quale, come tutte le altre che fanno a Trento d'ogni lato corona, è coperta di viti, di gelsi e di arbori da frutto, e in varj luoghi offre ampie cave di bianca e di rossa pietra bellissima.

Ci si viene da oriente per la valle del Brenta, detta Valsugana, discendendo sulla destra del Fersina, giù per le Laste, e si entra per la *Porta d'Aquileja*, che il volgo, abbreviatore d'ogni vocabolo, nomina *dell'Aquila*.

Ci si arriva da mezzodì salendo per la vallea dell'Adige, e, oltrepassate Ala e Rovereto, piccole ma brillanti città, dopo un nojoso camminare tra muri troppo alti che cingono e sottraggono alla vista belle campagne, si fa l'entrata pel borgo di Santa Croce e per la *Porta Veronese*.

Dal lago Benaco, ora di Garda, e dalle valli di Giudicarie e di Sarche, uscendo ad occidente per la stretta che dicesi Buco di Vella, si arriva all'Adige su la sua destra, dove, passato il ponte di San Lorenzo, si è introdotto in città per *Porta Bresciana*.

I Tedeschi, che dalle loro settentrionali vallate calano in giù, come pure gli abitanti di Fieme e Cembra, che sono al nordeste, e quelli della Naunia, o Valle di Non, che giacciono a nordoveste, entrano in Trento per la *Porta di San Martino*, la quale è pur detta Porta di Germania, perchè n'escono coloro che passar vogliono in quella regione. Anticamente appellavasi questa porta di Santa Marta per l'Ospitale e 'l Priorato di tal nome, ch'era nel fabbricato ove ora si lavorano vetri e stoviglie. N'era fondatore un certo Videto, di cui fassi menzione in documenti del 1191 e 1197, nel qual tempo esisteva già la chiesa di San Martino.

Il principale corpo di questa antichissima città consiste in una lunga contrada, che stendesi d'oriente in occidente, da Porta Aquilejense alla Bresciana, e in altre cinque, le quali, partendosi da quella, volgono a mezzodì e conducono alla cattedrale. Non è però gran fatto minore in ampiezza il rimanente che vedesi, e non tutto, in passando da Porta di San Martino alla Veronese, fuori della quale resta a vedersi ancora il borgo di Santa Croce.

Tutte le vie sono comodamente selciate con duri ciottoli di grigio e rosso granito, e fornite ai lati di largo lastricato per li pedoni, e sempre nette da ingombri e immondizie, le quali sono trasportate dall'acqua che scorre nel mezzo di esse in canali scavati in vivi massi di pietra, che, per togliere ogni pericolo, trovansi dappertutto coperti. A destra e a sinistra di queste strade si presentano alla vista alcune case di men piacevole aspetto, nelle quali hanno dimora i meno agiati, o, come dice Mercey, ove soggiorna la povertà ' accanto all'opulenza, cosa che in Francia non vedesi in nessun luogo! ma la maggiore, anzi la massima parte delle case, merita l'attenzione del viaggiatore. Solidità, simmetria, ricchezza di materiali ne' basamenti, nelle porte, nelle finestre, nelle cornici, questo è quello che vede chiunque ha occhi in tutte le abitazioni, in tutti gli edifizj di questa città. Da poco tempo in qua l'avere belle case costruite secondo le regole della bella italica architettura è divenuta passione generale de' ricchi, i quali, non per superbia, come afferma il maligno Lewald, ma per amore del comodo e del bello, vogliono veder ristaurate con decenza le proprie abitazioni, e ridotti ad aspetto dignitoso i pubblici edifizj. Gran lusso, non disgiunto da buon gusto, si osserva ancora nelle botteghe degli artisti, de' caffettieri e dei mercadanti.

Essendo Trento molto popolata, e concorrendovi assai gente per sue bisogne, in ispecie durante i dieci mesi nel quali vi soggiorna la scolaresca (nella calda estate e al tempo della vendemmia quasi tutti i doviziosi trovansi colle famiglie loro in campagna), vi si osserva con diletto gran movimento in ogni parte, e un operare continovo. Lewald, che vide alla festa di San Vigilio affollata la gente come nelle grandi città, e che il giorno dopo non scôrse più quella gran moltitudine, volle far credere che Trento, eccettuato il giorno della detta festa, sia poco meno che deserta. Trovò invece ventimila anime nella più piccola Rovereto! Noi daremo il novero degli abitanti di Trento, de' suoi dintorni, del Circolo e della Diocesi in altro luogo.

Chi ama di percorrere questa città per vedere il più notabile del suo materiale, seguendo il mio consiglio, si farà condurre per primo a Porta d'Aquileja, e quivi gli si presenterà maestoso alla vista il Palazzo di Castello. Intorno al quale amo di lasciar parlare un illustre imparziale straniero, che, da me pregato, dettò su questo edilizio e su quelli di Santa Maria e della Cattedrale, suoi così detti Cenni artistici. Questi è il valente Rodolfo Vantini da Brescia, architetto già conosciuto per sue opere mirabili. Dovendo per altrui consiglio fare mia la sua esposizione, voglio che ad esso ne sia data la debita lode.

Il *Palazzo di Castello* è l'edifizio che torreggia su gli altri di questa città e per la gigantesca sua mole e per essere collocato nel luogo più eminente di essa. Fu per lungo tempo residenza de' vescovi principi di Trento, e quindi nelle sue elevazioni esterne, come negl'interni compartimenti, presenta saldezza di forme, grandiosità di proporzioni, e magnificenza di ornamenti. E però noi reputiamo patria sventura che tanta mole, oggetto di storiche reminiscenze e di nazionale decoro, siasi lasciata in abbandono.

L'edifizio componevasi di due corpi di fabbrica innalzati in epoche disparate. Il più antico dicesi Castel Vecchio, negli antichi documenti appellato *Castrum boni consilii*, e forma la parte settentrionale, difesa da una torre, ch'è opera romana, di robustissima struttura circolare. Il popolo, nominandola, diceva la *Tor d'Agost*, ch'è lo stesso che dire la *Torre di Augusto*. Quello che sulla sua sommità vedesi di nuovo è opera del 1809, fatta dagli Austriaci per collocarvi cannoni. Il fabbricato annessovi manifesta quel modo di edificare che fu adoperato nel secolo decimoterzo. La loggia che guarda verso occidente offre la maggiore cospicuità, ma fu nel 1813 danneggiata dalle artiglierie.

La parte più moderna, posta a mezzodì, appartiene al secolo decimosesto, e fu edificata dal Vescovo Principe Bernardo della naune illustre famiglia Clesio, come dichiarano le iscrizioni scolpite in più luoghi sotto le insegne di quel famoso prelato e cardinale. La semplicità delle forme e la correzione dello stile che dominano in questo edifizio indussero taluni a credere che Palladio ne fosse l'architetto; ma ove si ponga mente che quando compievasi questa fabbrica il famoso Vicentino era ancora giovinetto, si farà manifesta la erroneità di questa opinione accreditata dal P. Bonelli. Se dallo stile del palazzo dovessimo fare giudizio del suo architetto, saremmo inclinati a crederlo opera del Sammicheli, o della sua scuola. Se non che, considerando che Giovanni Maria Falconetto, prescritto da Verona, visse parecchi anni esule in Trento, al tempo appunto in cui reggeva il Clesio, e che lo stile del nostro palazzo consuona con quello di più altre fabbriche dal Falconetto architettate in Padova e fuori, delle quali parlano il Vasari e il Temanza, noi consentiamo nella opinione dell'erudito Conte Benedetto dei Giovanelli, che al menzionato Falconetto sieno dovuti i disegni di questo bell'edifizio.

A noi piace di far osservare la bella proporzione della cornice che corona il palazzo, indi il cortile; dove ammirasi tuttavia un portico con dipinture del Romanino da Brescia, e con medaglioni a rilievo ne' peducci degli archi, e con altri ornamenti convenientissimi. Di molto decoro appaiono le porte principali che introducono nel ricinto del palazzo, poste nel lato rivolto verso la città; e se meschina è la porticella per cui si ascende nell'interno dell'abitazione, e la scala non conveniente alla vastità dell'edifizio, questo è perchè non si è che in parte eseguito il concetto del palazzo. Il principale ingresso doveva essere da quella parte dov'è la bellissima porta per ciò appunto detta del Vescovo. Certamente il gusto e l'accorgimento dell'architetto s'appalesa sì nelle belle proporzioni delle camere, de' loggiati e delle sale, che nella varietà delle forme di esse, e nella diversa configurazione delle vôlte, e dei compartimenti dei lacunari, quali appunto quivi si ammirano.

Mirabilissimi affreschi del Romanino, di Giulio Romano, del Brusasorci e d'altri valenti si veggono qua e colà spiccare tuttavia dalle vôlte e dall'alto delle pareti come pochi avanzi di un grande naufragio. Geme l'animo all'aspetto della passata devastazione, la quale si presenta maggiore come più s'inoltra il passo negl'interni penetrali, incitati dal desiderio di pur vedere qualche resto di una magnificenza che avea pochi pari. Lewald non seppe dir altro di questo castello se non che *è interamente decaduto, ed ha però un aspetto imponente*. Combini chi può la bugia colla verità sopra il medesimo soggetto! Noi non abbiamo tanto di filosofia.

L'Archivio principesco e vescovile che quivi era, abbondante di preziosi manoscritti, è adesso in Innsbruck. Per buona sorte gran numero di documenti ne abbiamo stampati ne' volumi del P. Bonelli, e moltissimi ne trascrisse di propria mano il Vescovo Principe Felice degli Alberti, i cui manoscritti si conservano da S. E. il presidente d'Appello Mazzetti, il quale ha pure copia del famoso Codice Vanghiano, pregiatissima raccolta di antiche memorie fatta per opera di Federico Vanga, Vescovo Principe, della Chiesa e del Principato assai benemerito, che resse in sul principio del secolo decimoterzo.

Uscito dal castello, passi il viaggiatore su la sottoposta piazza, ch'è detta la *Mostra*, ed osserverà ivi non piccolo movimento presso la Regia Dogana. Si faccia indi a considerare l'antica *Torre Verde*, che, non so per qual ragione, dicevasi una volta *de' Cavoli*; quella torre alla quale fanno capo le mura che dal castello stendonsi in giù fino all'Adige, dove in tempo d'assedio attignevasi l'acqua occorrente al presidio. È opinione di alcuni che ella sia più antica di quella del castello, e che se ne debba la fondazione agli Etruschi, e forse ai Rezj.

Uscendo per la porta che sta quivi aperta, vedesi una parte del *Borgo di San Martino*, dov'è la cappella di cui si è detto sopra, dedicata a questo Santo, nella quale si ammira un bel dipinto, capolavoro di Cignaroli, rappresentante il beato Vescovo moriente.

Scenda poi su la ripa dell'Adige presso la torre, là dove sopra un forte parapetto di pietra sono due piramidi, e lungo esso una regolare piantagione di alberi ombrosi. Molti si dilettano qui osservando il corso del fiume, l'opposta penisola, e l'aspetto delle fabbriche della città, che in semicerchio disposte lungo la ripa, stendendosi in giù fino al ponte di San Lorenzo, che pur si vede, fanno argine al fiume, il quale, talvolta insuperbito di sua grandezza e potenza, pare che minacci di penetrare nella città, che pur si gloria e godesi di averlo vicino.

Volgendo il passo per recarsi al *Cantone*, entrerà in una pulita via, che dicono *Contrada Tedesca*, non già perchè ella sia abitata da Tedeschi, come falsamente fu scritto, ma perchè è diretta e conduce verso Germania, paese de' Tedeschi. Anticamente, se non prendo sbaglio, nomavasi contrada dei Cappellani. Osserverà qui la *Cappella* detta *del Suffragio*, con bella facciata di ordine corintio; e noterà un *corso di portici* che nella calda estate sono frequentati dalla gente che va in cerca di ombra e di fresco. Mercey vide in questa contrada due femmine che rissavano per gelosia, e se ne maravigliò assai. Nel suo paese le donne non sono elle forse gelose? Sarà perchè i mariti non danno loro mai motivo di sospettare! Lewald trovò qui un altro scandalo, e fu che molta gente, mentre il sacerdote somministrava il santo Viatico ad un infermo, pregava per questo in ginocchio su la via con voce da potersi intendere l'un l'altro. L'iperboreo filosofo crede che un moribondo, se ode i suoi fratelli pregare per lui il Giudice eterno, debba esserne sconfortato ed afflitto!

Il *Cantone* è il quadrivio a capo dei menzionati portici. Quivi mirando in su verso Porta d'Aquileja per contrada di San Marco, nominata così per un convento di Agostiniani ed una chiesa ch'ivi fu intitolata a questo Santo, gli verrà veduta una piccola casa, la cui facciata è dipinta a fresco. Il lavoro è del Ricci, detto il Brusasorci, e la casa appartiene al Conte Cloz, che promise a noi di far nettare dalla polvere quelle bellissime dipinture. Vedesi nello spazio maggiore una battaglia, e al basso la bella Spagnuola che Scipione ridona al di lei amatore. Sfregio a questi dipinti, se vero è che la decenza dee preferirsi ad ogni cosa, è la nudità della donzella.

Contrada di San Pietro e *Contrada Lunga* sono le due altre vie che fanno capo al Cantone. La prima, che porta a mezzodì, è assai frequentata per le molte botteghe che vi sono di mercadanti ed artisti. La chiesa parrocchiale di *San Pietro* ha nell'interno belle colonne e marmorei altari. La *cappella di San Simonino*, posta presso al presbitero, acquistò celebrità per le circostanze che accompagnarono l'istoria del Santo, di cui ivi conservasi il corpo. Nell'anno 1475 si trovò in Trento il cadavere di un fanciullo di circa anni due e mezzo di età, ferito e mutilato. Era il corpo di Simone, figlio di un onesto cittadino. Sospettossi che gli uccisori potessero essere stati Ebrei, perchè di quei tempi erano i miseri dal fanatismo indotti a commettere simili delitti. Catturatine alcuni, furono rinvenuti nelle case loro gli strumenti adoperati a martirizzare il fanciullo. Ma persistendo essi a negare il delitto, secondo il barbaro e ingiusto costume invalso allora in Europa, e non per anco abolito interamente, furono messi alla tortura, e per tal mezzo ottenutane la confessione, si dannarono a morte. Gli altri Ebrei ebbero il bando dalla città, nè poterono più mai ristabilirvisi. Era allora Vescovo Principe Giovanni Hinderbach, tedesco, uomo rigidissimo, al quale i Giudei cagionarono molte brighe, e cui riuscì arduo il discolparsi in Roma, dove fu accusato d'ingiustizia e di crudeltà. Il tormentato fanciullo fu ed è onorato qual innocente e martire perchè dato a morte in odio di Gesù. Oltre questa si eressero in memoria del fatto e in onor suo altre cappelle, una in casa de' Conti Bortolazzi, ed una in quella de' Baroni Salvadori, dove fu preso e dove fu tormentato Simone. Chi messo in sospetto da una confessione estorta coi tormenti, e dal processo fatto contro il Principe, volesse dubitare della reità degli Ebrei, non avrebbe per ciò motivo alcuno di biasimare i Trentini, che onorano qual beato in Cielo un fanciullino innocente che dovette soffrire da mani scellerate una morte penosissima. La Chiesa Cristiana onora pur come santi e martiri i bambini messi a morte per ordine del crudo Erode! Se i derisori Mercey e Lewald avessero voluto o saputo porre mente a tutto ciò, sarebbonsi forse astenuti dal motteggiare. Ma ei non seppero nemmeno che il mostrare spirito col deridere la gente in punto di culto religioso è fare offesa grave ai derisi, e un mezzo di attirarsi il disprezzo delle persone giudiziose e dabbene. Saria pur tempo che il volteriano buffoneggiare avesse una fine!

Prossima a San Pietro è la non inelegante *cappella di Sant'Anna*. Nell'attiguo fabbricato ha sede l'uffizio della *Congregazione di Carità*. A' tempi andati era questo un ospitale fondato per ricovero degli Alemanni. Presso alla detta cappella vedesi un'arca di marmo greco in bella forma lavorata, con iscrizione, la quale dice contenervisi reliquie di S. Vigilio. Duolmi di dover avvertire che bisogna o tôrre di là quell'arca, o fare in modo che la sia rispettata.

Contrada Lunga presenta, a chi la percorre osservando, vari aspetti piacevoli. Al primo bivio è nell'angolo a sinistra l'albergo dell'Europa. La via che volgesi a mezzodì è *contrada del Teatro*, che più oltre nomasi di *San Benedetto*. L'antico nome della prima parte era *della Morte*, perchè ivi adunavasi in una cappella una Società di uomini che avevano per istituto di assistere in ogni modo i moribondi, non esclusi i dannati dalla giustizia.

Il *Teatro*, ch'è presso all'albergo d'Europa, fu edificato, son ora quattro lustri, da un uomo assai industrioso ed operosissimo. Il danaro che Felice Mazzurana sborsò per la costruzione di questa bella fabbrica, venne in sue mani da quelle dei compratori delle loggie, i quali son ora possessori di tutto l'edifizio, ed è per ciò che appellasi Teatro Sociale. Fu disegnato dal trentino ingegnere signor Giuseppe Ducati, cui, come subalterno, assisteva un Filippini, pur esso da Trento; e la fabbrica, per l'instancabile attività di Mazzurana (che non avea bisogno di avere ajutante il folletto che gli associò l'impudente Lewald), si condusse a termine entro quindici mesi da artisti nati nel Trentino. Ambrosi da Trento e Cipolla di Valsugana furono i dipintori. Poche città di provincia possono vantarsi di avere un teatro che vada al pari di questo. L'ingresso corrisponde male alla sua bellezza, ma non si tarderà molto a costruirvi una facciata conveniente. In primavera e in autunno vi si danno commedie, e nella estate vi è opera ogni anno.

Nella contrada di San Benedetto è da osservarsi la *casa Cazzuffi*, su la cui regolare facciata sono dipinture a fresco riputate degne di attenzione, ma oltraggiate dal tempo. Un poco più in là presentasi alla vista un palazzo, del quale il basamento, le porte, le finestre, le cornici formano un insieme di robustezza grandiosa e per essere costruito di marmo dall'imo al sommo, ed ornato di rilevati medaglioni d'attraente bellezza. Il che si crederà facilmente ove sappiasi che al Decano Tabarelli de Fatis, che 'l fece costruire, ne diede il disegno Bramante da Urbino.

Tornando a scendere giù per contrada Lunga non può non essere osservato il sontuoso *palazzo Zambelli*, che più comunemente è detto *Galasso*. Non ci fermiamo a darne la descrizione perchè dobbiamo farne altre, e vogliamo essere brevi. Diremo solo esscre questa una fabbrica, la quale, per comparire in tutta la sua grandiosità, dovrebbe essere posta sopra una piazza. A Lewald non piacciono questi palazzoni italiani. Quando non vi dimorano che due o tre vecchie donne, dic'egli, ed ha ragione! quasi tutto l'edifizio resta disabitato! Ei non potè nè pur immaginare che ci possano essere in Italia signori a' quali sia bisogno avere così grandi e spaziosi fabbricati per adagiarvi la famiglia, gli ospiti, gli amici e la numerosa gente di servizio. Ei non seppe che in Italia la estate per respirare aria fresca bisogna ricoverarsi o nelle grandi chiese, o sotto gli alti portici, o nelle ampie camere e sale de' palazzoni. E non merita nessuna lode il gusto per la bella architettura? Così non pensava, benchè tedesco, quel ricco Fugger, il quale, innamorato di una avvenente donzella dell'illustre casa Madruzzo (altri dicono di una nobile Particella che amava un vescovo Madruzzo), perchè essa rifiutava di seguirla sposa in Germania, fece erigere dai fondamenti questo palazzo. Se spesi avesse i suoi denari in clamorose caccie di cervi e di cinghiali, o in pranzi e cene da Epulone, sarebb'egli stato più savio? Il palazzo passò dai Fugger ai Galasso, da questi ai di Tono, ora Conti Thunn, e per vendita fattane dalli Thunn, passati di qua due secoli or sono in Boemia, al C. Giacopo Zambelli, ora defunto, che lo ristaurò ed abbellì, e riaperse al pubblico la elegante cappella de' santi martiri della Naunia, Sisinio, Martirio, Alessandro, celebri nel Cristianesimo, ponendo sull'altare, in luogo dello smarrito bel dipinto che rappresentava la loro morte, un Gesù orante, del signor Udine roveretano.

Vicino a questo palazzo è il *Seminario vescovile*, bello, ampio e solido edifizio de' Gesuiti. Per opera del vescovo Francesco Saverio Luschin fu ai dì nostri ampliato verso occidente, lasciando la parte orientale ad uso delle scuole elementari; ma gl'intelligenti piangono la distruzione della chiesa detta del Carmine, che abbelliva il luogo dove innalzossi la nuova fabbrica. Ai seminaristi, che, essendo la diocesi vasta e molto popolata, vi concorrono in gran numero, danno lezioni ed ammaestramento Professori che bene conoscono lo spirito della cristiana Religione. E tra le virtù che sono ad essi raccomandate hanno luogo non ultimo l'umiltà e l'obbedienza al legittimo Superiore, senza le quali nè qui nè altrove non può alcuno ottenere posto dove fare ed avere del bene. La quale verità pare che a Lewald non sia ancora entrata nel capo. O che voleva egli insegnare quando scrisse che in niun luogo come in Trento l'umiltà e la sommessione conducono sicuramente allo scopo? I furbi ipocriti sono conosciuti e detestati qui come in ogni altro paese dove la gente non è stupida. E stupidi perdio non siamo. E Lewald, che forse ne credea tali, potrà farcene presto testimonianza. L'interno del tempio (per tacere della sua facciata che non merita una parola) è assai regolare, e ricco di marmi nostrani che adornano le pareti, le loggie e gli altari. *San Francesco Saverio*, battezzante Indiani, quadro ch'è sul maggior altare, vuolsi che sia bene rappresentato, ed è creduto lavoro del nostro Pozzi, che dipinse la chiesa del Gesù in Roma.

Quella che si offre allo sguardo nell'uscir dalla chiesa del Seminario è *contrada Larga*, e la gran mole che sorge nel fondo la Cattedrale. Il nome della strada indica qual ella sia. Vi si reggono poche botteghe, perchè pochi dei suoi abitatori si applicano al commercio. Quivi è la casa del civico magistrato, che ha bisogno di essere ristaurata. In questa si conservano *romane lapidi scritte*, che interpretate con dottrina e retto giudizio dal nostro signor Conte Benedetto Giovanelli, con altre non poche da altri nostri dotti illustrate, valsero a mettere in chiaro assai punti rilevantissimi dell'antica nostra istoria. Vedesi ivi anche una *Maria egiziaca* di buon pennello, e l'originale *quadro del Concilio* tenutosi in questa città. La vecchia abitazione degli spenti Geremia, ora de' signori Tevini, è notabile per la sua esterna struttura, e merita che se ne faccia menzione, perchè in essa fu, per opera del Nauni Bernardo Clesio, Sigismondo di Tono e Antonio Quetta, l'anno 1535, conchiusa pace tra i Veneti e gl'Imperiali. Dirimpetto a questa si mostrano le case che furono de' Bellenzani, famiglia famigerata molto tra noi, e che ora sono possedute dai conti di Thunn, nelle quali, specialmente in quella che rinnovasi dietro il disegno del lodato Vantini, veggonsi belle dipinture di un altro bresciano, Tomaso Castellini.

Presso alla piazza è la chiesetta dell'*Annunziata*, nella quale sono colonne di marmo trentino, le quali, essendo grandi e di un solo pezzo, non deesi trascurar di vedere. Su di una tela rozzamente dipinta conservasi quivi memoria della peste che desolava questa città nel secolo decimosettimo. Più micidiale però fu quella che infierì nel decimoquarto; la quale è descritta da Giovanni Parma, canonico trentino, il cui manoscritto, che deploravasi perduto, venne per felice sorte scoperto da S. E. il presidente Mazzetti da Trento, diligente raccoglitore di tutto ciò che spetta alla istoria trentina.

Scendendo ancora per contrada Lunga si presenta, a chi mira verso mezzodì, un'altra via, chiamata *delle Orfane*, perchè ivi è l'*Orfanotrofio*, femminile e maschile, colla semplipissima iscrizione: *Orphano tu eris adjutor*. Noi vedremo che questo divino precetto non fu qui scolpito inutilmente. Benedizione celeste, eterna benedizione a chi udiva e a chi udirà ubbidendo queste voci di Dio! Fondatore del maschile era un Piissimo della nobile estinta casa de' Baroni Crosina, ragione per cui gli allievi sono detti Crosinotti. Essi portano sul vestito, in quella parte ch'è presso al cuore, una croce in segno di riconoscenza verso il cristiano benefattore.

Si trova più basso, volta come le altre a mezzodì, la *contrada della Prepositura*, nella quale entra chi viene pel ponte di *San Lorenzo*. Questo è difeso da una torre costrutta in alto di cotto. È opera del celebre Federico Vanga, Vescovo e Principe, del quale porta il nome, chiamandosi *Torre Vanga*, e faceva parte della munizione di Porta Bresciana, di cui l'osservatore scopre gli avanzi agevolmente. Sul principio del secolo decimoquinto fuvvi rinchiuso, da Rodolfo de' Bellenzani, capo de' malcontenti Trentini, il bizzarro ed infelice Giorgio di Liechtenstein, Vescovo Principe, le cui strane vicende formano un curiosissimo e molto istruttivo periodo della nostra istoria. Di questo e del menzionato Federico Vanga si leggeranno con piacere le avventure e le azioni nel compendio istorico che stiamo dettando. Il ponte fu fatto di nuovo l'anno 1835, distruggendo affatto il vecchio provvisorio, che in qualche itinerario fu detto grandioso, e che non meritava per nulla questo aggiunto. Quello che veramente era tale fu bruciato nella guerra dell'anno 1796. Bello e grandioso è lo spettacolo che si presenta a chi da questo ponte volge intorno gli sguardi. E noi vedemmo colte viaggiatrici fermarsi quivi per disegnare quelle bellissime vedute.

In capo alla contrada fu la casa de' Prepositi capitolari, convertita da poco in collegio. In tempi da noi lontani vi stavano monache di Santa Margherita, e dicevansi Monache del Sobborgo, perchè allora questi luoghi erano fuor delle mura. A sinistra della via che guida in su verso oriente è un'antica fabbrica, la quale fu detta la *Casa di Dio*, ed era un ospitale fondato dai Bellenzani. Chiamossi anche *Casa de' Battuti*, perchè una società di Flagellanti adunavasi nella cappella dell'ospitale per fare le loro lodevoli devozioni e matte flagellazioni.

Ora abbiam dinanzi a noi la chiesa di *Santa Maria Maggiore*, che prima di essere rinnovata dicevasi di Santa Maria Coronata, e vi facevano lo uffzio i Fratelli Alemanni, che il volgo sincopò in Frallemani, e Frallemano appellò anche il luogo ov'essi abitavano, che fu il locale ora convertito in caserma. Di questa chiesa, valendoci dello scritto del signor Vantini, possiamo dire, con tutta verità, esser essa il più pregevole monumento di sacra architettura del secolo decimosesto che per noi si possa offerire alla curiosità del forestiere, sia per la venustà dello stile, sia per istorica reminiscenza, perchè appena compiuta fu convegno alle gravi disputazioni di quegli uomini sapientissimi che composero il Concilio Ecumenico il quale ebbe nome dalla nostra città.

La sua costruttura è pur essa dovuta alle solerti cure del Principe Vescovo Clesio, il quale sì grandi cose operò in onore della Religione, dello Stato, delle arti e di qualsiasi nazionale incivilimento da fare disperata ne' successori l'idea di poterlo non che vincere forse, emulare più mai. E noi crediamo di non essere lungi dal verosimile, supponendo che un'interna inspirazione il movesse a preparare al generale Concilio un luogo degno con sì bella fabbrica e sontuosa. Vantini si sforza di provare, a modo di congetture, che lascia al giudizio degl'intelligenti, dalle parole: *Bernardo Clesio Auctore*, che leggonsi scolpite in bella lapide sull'esterna parete del coro, doversi conchiudere che l'idea della fabbrica, ossia la invenzione, attribuire si debba a lui medesimo, al Clesio. Ma il C. Giovanelli vuole che quell'Auctore vaglia lo stesso che il *Dedit* scritto in una lapide di Augusto in Piè di Castello di là dell'Adige, e che tanto il *Dedit* quanto lo *Auctore* significhi: Diede il pensiero, il comando ed i mezzi.

Lo stile di questo tempio ricorda quell'architettura originale e tutta italiana che apparve nel secolo decimoquinto, e che poco stante, per una malintesa imitazione dell'antico, si modellò su gli avanzi dell'architettura romana, e quindi con rapida transizione si abbandonò alle matte stravaganze di quello stile che fu detto barocco. Qui tutto accenna e sveltezza di forme e semplicità di ornamenti. Alcuni pilastri di maniera jonica dividono esternamente in regolari comparti la facciata, i fianchi ed il coro. Le finestre si presentano arcuate, di ragionevoli proporzioni, e circondate da stipiti senza modanature. Le pareti sono tutte quante incrostate di un marmo rossiccio, ed i pilastri, gli stipiti e le cornici d'ogni maniera sono costrutti di marmo bianco, tolti amendue dalle nostre cave suburbane, ed è bellissimo l'accordo che risulta dall'armonia degli anzidetti colori.

La porta che vedesi all'ingresso principale non appartiene a questa maniera di costruire, e sembra che si facesse eseguire in appresso dal Cardinale Madruzzo, come il manifesta il suo stemma gentilizio che vi sta sopra. Dicasi medesimamente della porta minore a mezzodì, la quale appartiene certamente ad altro tempio, forse a quel medesimo che vi era prima, e sente della maniera de'Lombardi.

L'interno della chiesa presenta una sola navata, e tre altari per ciascun lato di essa, i quali si addentrano nello sfondato di altrettanti archi semicircolari di bella proporzione, con archivolti ed imposte elegantissime. Nel presbitero allato del maggior altare, sostenuta da grandi mensole, si sporge la tribuna o cantoria dell'organo, tutta di candido marmo lunense, pregevolissimo lavoro di Vincenzo Vicentin, il cui nome si legge scolpito su la modanatura di una cornice. E questi è pur esso scultore italiano degno di bella fama, sfuggito per mala ventura alle dotte investigazioni del valentissimo Autore della storia della scultura dopo il suo risorgimento. Noi non dubitiamo di affermare, questa tribuna essere un capolavoro dell'arte, e massimamente in fatto di scultura ornamentale. Veggonsi in essa distribuiti in regolari comparti parecchi bassirilievi e statuette, che ricordano il fare di Tullio Lombardo; ma soprattutto ammirasi tanta squisitezza di gusto negl'intagli delle cornici, e ne' fregi d'ogni maniera, di che va copiosissima, che ben poche opere del cinquecento possono per bontà di stile a questa agguagliarsi, e non è forse alcuna che le stia sopra. Più guardi a questi ornamenti, e più ti compiaci nella leggiadria delle invenzioni, nella spiritosa movenza de' fogliami, nella morbidezza de' contorni, nella gentilezza degl'intagli, nella grazia bellissima delle curve, e più ti persuadi questo essere il sommo delle arti decoratrici, e nulla (in ciò almeno) rimanere ai moderni da invidiare ai secoli di Pericle e di Augusto. Per che noi conchiudiamo col fare voti che lavoro così stupendo sia fatto conoscere al Pubblico con diligenti incisioni, nella persuasione che ne debba venire giovamento alle arti, gloria all'artefice, e decoro a questa città.

Sovrastante alla tribuna era quell'organo tanto famoso per intensità di suono, soavità di voci, e incanto d'armonia, che notavasi come una meraviglia; ma un fulmine, scoppiato nel campanile l'anno 1819, venne a scomporre ed incendiare così mirabile congegno, nel quale disastro perirono anche alcune belle dipinture di Girolamo Romanino da Brescia, ond'erano effigiate le imposte. Il nuovo organo, tuttochè sia quanto di meglio operossi ai nostri dì in questo genere, non presenta che una sparuta sembianza di quello che più non esiste. Antonio Zurlet fece a proprie spese eseguire e l'organo e la cantoria, come ne avvisa un'iscrizione del 1534, che vi è unita, e il nome di lui passar dee onoratissimo alle remote generazioni. Lewald, che, come ei dice, venne in questo tempio per vedere se vi fossero belle ragazze! non vide quanto bello fosse il tempio, nè pose attenzione alla cantoria; ma non mancò di riferire come interessante la favola che narra, avere i Trentini acciecato e fatto perire in carcere l'artefice (loro concittadino) dell'organo antico.

Coperto da cortinaggio serbasi un quadro che raffigura l'ordine in cui sedevano i Padri del Concilio; e ciò non è per adescare la curiosità dello straniero, ma per rispetto alla sacra adunanza che vi è rappresentata. Una tela di Alessandro Bonvicini da Brescia, nominato il Moretto, che è posta sul secondo altare a destra di chi entra per la porta maggiore, non debbesi lasciare inosservata. Sono rappresentati alcuni Dottori di Santa Chiesa in atto di fare disputa tra loro, e in alto è Nostradonna col Bambino, atteggiata con grazia particolarissima. Si vede espressa ne' disputanti la concitazione che deriva da un animato parlare, ed è bellissimo il contrasto tra queste mortali perturbazioni e quella calma immortale, illeggiadrita da un celeste sorriso che irradia il volto della Regina de'Cieli.

Del Concilio tenutosi in questo tempio (durò dal 1545 sino al 1563) parlarono scrittori senza numero. E perchè molti mostrarono, parlandone, di essere grandi ignoranti, tra i quali non ultimo luogo meritossi il Mercey, il quale amò di esser anche inverecondo spregiatore, e gli scritti di costoro si leggono, lasciando ai teologi quelli che esposero verità, crediamo essere debito nostro il dare di questo celeberrimo Concilio una giusta idea in poche parole, a fine di rettificare sopra un oggetto d'altissima importanza i giudizj della gente cattolica ed accattolica. E preghiamo gli amatissimi nostri fratelli che chiamansi Protestanti, a ponderare ben bene le nostre parole, che sono parole di amore e di verità.

I Vescovi e i Teologi consultori che composero il Concilio di Trento si occuparono di due cose. L'una fu esaminare ed indi esporre chiaramente la dottrina generale della cristiana antichità, salendo fino ai tempi apostolici, intorno ai punti che i seguaci di Lutero, Calvino, ec., mettevano allora in dubbio o negavano. Ad uomini dotti, quali erano i più de' Prelati e Dottori, non riuscì l'esame e la decisione difficile, imperocchè ed avevano alle mani la Scrittura Sacra, le decisioni de' Concilj anteriori, le opere de' Santi Padri, ossia scrittori de' primi secoli, nonchè quelle de' Teologi posteriori i più accreditati; ed essendo eglino venuti da tutte le regioni cristiane non già prima infette di eresia o di scisma, conoscevano troppo bene qual fosse la credenza antica delle Chiese particolari che per l'unità della fede formavano il gran corpo della cristiana Chiesa. L'altra loro cura si fu prendere notizia de' molti e gravi disordini introdottisi nel clero e nel popolo cristiano, ed apprestarvi con saggi decreti di riforma e pronto efficace riparo e rimedio. Perchè bisognava venire in chiaro di molte verità, per ciò movevansi o proponevansi dei dubbj, e perchè in punto di disciplina dagli uni volevasi una cosa e dagli altri un'altra, ci furono quistioni e lunghi dibattimenti, quali non mancarono nemmeno al Concilio tenutosi in Gerusalemme dagli Apostoli ed Anziani. Finalmente si venne al: *Visum est Spiritui Sancto et nobis*: pubblicandosi i canoni e decreti bene ponderati della sacra Assemblea. Tutta la Chiesa Cattolica riconobbe, non senza esame da parte sua, infino ad oggi, dunque pel lungo corso di circa tre secoli, essere conforme agli antichi insegnamenti degli Apostoli e de' santi e dotti loro successori, e all'universale credenza de' Fedeli, la dottrina dogmatica e morale esposta dai Padri del Concilio Tridentino; tutta la Chiesa accettò ed eseguì, con poche locali eccezioni suggerite dalla prudenza, i salutari decreti di riforma. Nel dogma e nella morale non si cangiò od innovò nulla, perchè gli uomini non possono a quello che Dio rivelò aggiungere o levar sillaba; anzi i canoni tutti, sì in questo Concilio, come negli altri, in ogni tempo si fecero per dannare i novatori: nella disciplina sonosi fatti molti cangiamenti e molte innovazioni, per le quali i costumi del clero e del popolo si corressero, e migliorarono di molto. Che importa mai che molti de' prelati fossero molli avari ambiziosi? Eglino, col fare i decreti di riforma che pur dovettero fare, dannarono sè stessi, e la Chiesa tutta danna ancor oggi ed essi e i loro simili. Per chi ha sano intendimento è questa una prova novella che Quegli il quale disse agli Apostoli e ai loro successori: *Ego vobiscum sum usque ad consummationem sæculi*, obbliga, onnipotente qual è, ad insegnare la verità e a volere il buon costume il Corpo unito de' Vescovi, anche quando molti di loro amano poco l'una e meno l'altro.

Da Santa Maria a *piazza del Duomo* arrivasi in pochi passi per quella via, su la cui sinistra è un'antica torre, pertenente all'edifizio dove risiede il civico Magistrato. Tre corsi di comodi portici, una grande fontana, *il palazzo di Giustizia*, la facciata settentrionale del Duomo colla sua cupola e col campanile, ed una gran torre, arresteranno quivi il forestiere, dilettandolo grandemente. Vuolsi che la torre sia di antichità remotissima, almeno al basso; chè la sommità è opera di pochi secoli. Una campana, posta su questa torre, conserva il nome di *Renga*, perchè o il Magistrato o il Vescovo facevanla suonare quando volevasi *arringare* il popolo. Così nel 1275 il Vescovo Enrico II, suonata la campana *ad arengam publicam*, adunò il popolo nella chiesa di San Vigilio, ed ivi il popolo, che poco prima avea valorosamente scacciato dal territorio il tiranno Ezzelino, giurò innanzi ad un aureo crocifisso di riconoscere lui, il Vescovo Enrico, tanto nelle cose spirituali che nelle temporali vescovo e signore. La fontana, molto ampia, ornata di gradinate, di belle e capaci conche, nelle quali versano acqua delfini e tritoni, e sormontata dalla statua di Nettuno col tridente, è opera di un Jongo trentino, eseguita per volere della città, che se ne gloria come di un suo bello ornamento. Il palazzo pretorio fu anticamente, almeno in parte, episcopio; ciò leggesi anche in una iscrizione appesa dal Vescovo Principe Sigismondo Alfonso di Thunn alla facciata che guarda su la piazza. Su questa piazza si dà, la sera della festa di S. Vigilio, protettore della Diocesi, *spettacolo di fuochi artificiali*, al quale accorre ogn'anno da tutte le parti gran folla di gente.

Del Duomo dice Lewald: *È un bello edifizio gotico*. Ed aggiungendo ch'è dedicato a S. Vigilio, vescovo e martire nostro, ciò ch'è vero, non ha potuto a meno di cacciarvi dentro una maligna bugía, affermando che Vigilio perì per mano del carnefice, quando sapeva che fu lapidato dai rustici di una delle nostre valli, cui il santo uomo annunziava la lieta novella. Ma intorno all'edifizio udiamo quello che nel dice Vantini.

Il Duomo, o chiesa cattedrale di Trento, *presenta*, nella sua elevazione esteriore, *un monumento pregevolissimo dell'architettura italiana* all'uscire del secolo decimoterzo. Le cronache notano come sul finire del quarto secolo S. Vigilio vescovo fabbricasse una chiesa ai Santi Gervasio e Protasio là dove al presente è il Duomo, e come per opera del di lui successore Eugippo un'altra se n'erigesse, o quella primitiva si ampliasse, perchè vi avessero sepoltura onorata le spoglie mortali del medesimo S. Vigilio.

Da queste prime memorie fin dopo il mille non conosciamo patrj documenti ne' quali si faccia menzione di questa fabbrica. Siamo nonpertanto nell'opinione, che, durante il dominio de' Longobardi, essendo allora Trento residenza di duchi, sorgesse qui un tempio di notevole cospicuità per assumere nome e decoro di chiesa cattedrale. Forte congettura di ciò sono, a parer nostro, gli architravi delle tre porte che danno presentemente accesso a questo tempio, i quali recano scolpito un ricco ornato di stile evidentemente longobardo, che dagl'intelligenti non si può confondere con nessun altro. Si riconoscono di leggieri alle estremità dei detti architravi le traccie della mutilazione e del riadattamento. Opera longobarda è pure un capitello elevato poche braccia dal suolo e posto nel nicchione dell'altare che sta presso la porta orientale; e molti per avventura n' esistevano nell'antica cripta, che fu distrutta per erigere sopr'essa il maggior altare. È ragionevole il credere che i detti architravi appartenessero alla porta o alle porte di un tempio fabbricato nel settimo o nell'ottavo secolo; e dalla loro ampiezza, come dalla ricchezza de' loro ornamenti, si può argomentare che il tempio, cui davano accesso, dovess'essere di notevole capacità e di non minore decoro. E di ciò tutto è prova non dubbia la parte orientale esterna della cappella de' Santi Biagio e Lucia (ora convertita in sagrestia), la quale osservasi in forma semicircolare con una nicchia, in cui è posta una immagine di Nostra Donna. Tutti gl'intelligenti affermano concordi, essere questa opera longobardica.

Coll'undecimo secolo ripigliasi il filo delle notizie istoriche di questa Cattedrale. E ci è narrato che Udalrico II, il quale fu il primo Vescovo Conte, Marchese, e Duca di Trento (ei tenne il seggio dal 1022 al 1055), fondò la cripta, e mutò in meglio tutta la chiesa; che Alberto, ovvero Adelpreto I, riedificò il vetusto altare dov'erano reliquie di Santi; e che dopo corto intervallo il vescovo Altemanno conchiuse la riedificazìone del tempio, il quale, col di lui ministero, e con quello del Vescovo concordiense, e del Patriarca d'Aquileja (ch'era un trentino, figlio di Ottone di Poo), fu nel 1146 solennemente consecrato.

Se non che gli esterni abbellimenti dell'edifizio, che attraggono maggiormente gli sguardi e de' nazionali e de' forestieri, appartengono al secolo decimoterzo, e ne fu architetto maestro Adamo di Arogno comacino, il quale operò sotto il principato di Federico Vanga, che diede eziandio compimento al palazzo vescovile, il quale, siccome detto è di sopra, sorgeva presso la Cattedrale. Nel lato esterno di questa, ch'è volto a mattina, dov'era l'antico cimitero, è un'iscrizione sepolcrale, che ad Adamo di Arogno della diocesi di Como, quivi seppellito co' suoi figliuoli, dà l'onore di essere stato l'architetto di ciò che di bello vedesi e dentro e fuori di questa fabbrica. La quale iscrizione, poichè è ancora leggibile, e fu pubblicata dal P. Bonelli e dal C. Giovanelli nel suo erudito libro intorno alla Zecca trentina, noi per amore di brevità ci asteniamo da qui trascrivere. Diciam solo che porta la data del 1212.

Lo stile della parte esteriore di questa chiesa mirabilmente si accorda coi progressi delle arti rinascenti dopo il mille, e ne richiama al pensiere la torre, il battistero e la cattedrale di Pisa. E però opiniamo che il nome dell'architetto maestro Adamo di Aroguo, fin qui dimenticato nell'istoria delle arti, non sia men degno di bella fama che quello di coloro che operarono in Pisa. Nella costruttura di maestro Adamo si presenta una eleganza di forme, di cui indarno si cercherebbero esempj nelle opere della decadenza che precedettero il mille. Quella loggietta che ricorre per l'edifizio (eccettuata una parte del lato meridionale che fu costrutto cento anni dopo per munificenza di Guglielmo da Castelbarco), composta con archi a semicerchio sorretti da colonnette binate, serve opportunamente di fregio alla sommità delle pareti del tempio, v'induce leggerezza, e si accorda cogli ornamenti, delle sottoposte finestre, le quali veggonsi qui non a guisa di feritoje, come ne' secoli precedenti, ma di svelta forma e di ragionevole grandezza. Consonante alle predette opere sorge il portico, che serve di vestibolo a quell'ingresso ch'è volto ad oriente, e in esso, come nelle finestre del coro, apparisce quell'aggruppamento di quattro colonnette formanti un solo sostegno, i cui fusti si annodano con bizzarro intreccio nel loro mezzo; la quale pratica non considereremo con severità di giudizio, ma come lavoro di esecuzione difficile, e forse anche come concetto simbolico, chè a que' giorni ancora l'architettura ecclesiastica era tutta simbolica e piena di arcane significazioni.

Che se ci facciamo a considerare quest'edifizio dal lato settentrionale che risponde sulla piazza, non sarà inopportuno l'osservare come si veggano in questa fabbrica manifesti indizj di epoche diverse nelle quali fu data opera alla sua costruzione. Si guardi all'imbasamento, e si conoscerà di leggieri come dal suolo fino all'origine delle finestre le pietre presentino nella superficie tale stato di corrosione da non lasciare alcun dubbio che a questa base dell'edifizio non si debba attribuire una priorità di alcuni secoli sulla parte sovrastante. Di ciò fanno prova alcuni avanzi ornamentali di romane sculture innestati nella parte più antica della muratura, e il mutilamento delle parastate, o risalti a guisa di lesene, alcune delle quali riescono appunto là dov'è il vano delle finestre, ciò che manifesta chiaro essersi mutato il disegno. Si noti poi l'epoca in cui operò l'architetto e scultore Adamo arognese, i cui lavori si manifestano precisamente dall'origine delle finestre infino al tetto. Quindi si guardi al portico, il quale sta innanzi alla porta, e si vedrà appartenere al secolo decimoquinto, come ne fanno fede i capitelli delle colonne di fronte, e gli ornamenti della soprastante cimasa. Questo portico è formato di ruderi dell'antico edifizio, come sarebbe il leone, il cui dosso fu goffamente incavato per appoggiarvi l'attuale colonna, e come sono i capitelli che veggonsi più presso alla porta. Finalmente osservando il campanile nella sua parte più eminente, ed il tamburo della cupola, si presenta un lavoro del secolo decimosesto. E in fatti è noto che amendue queste parti del tempio s'innalzarono sotto gli auspicj del nostro munificentissimo vescovo principe Clesio. La cupola, tutta di rosso marmo costrutta, è, chi ben considera, una maraviglia dell'arte in ogni senso.

Procedendo nell'interno del tempio ne duole dover osservare com'esso è soggiaciuto a quella malnata tendenza di voler rimodernare l'antico invalsa ne' due secoli che precessero il nostro, e che non ancora potè sradicarsi col gridare dei più assennati. Veggonsi le antiche oscure pareti discordare sconciamente coi moderni bianchi intonachi delle vôlte, resi più ingrati dalle ammanierate pitture di cui furono ricoperti, e tutta la grave architettura del tempio dissonare coi bizzarri corniciamenti degli altari, e colle strane baroccherie della cappella del Sacramento, la quale al di fuori è per la sua schietta semplicità molto elegante. Fu eretta sul finire del secolo decimosettimo dal vescovo Francesco degli Alberti. E pur dissonante il maggior altare eretto nel 1744, a simiglianza della confessione del Bernini in San Pietro a Roma. Questo ha tuttavia un non so che di svelto ed ardito che piace all'occhio, sebbene la ragione il condanni; e per essere di marmo merita di esserne ammirata la difficile costruzione.

L'osservatore avvertirà alle scale praticate nelle interne pareti che guidano a' loggiati esteriori, ed a quello che riesce internamente nel muro che si atterga alla facciata sopra la grande finestra di figura circolare, pur essa osservabile; e noterà l'accorgimento dell'architetto, il quale adoperò l'arco a sesto acuto, come più resistente, nelle prime arcate che sono presso alla porta principale; perciocchè tali vôlte servono quivi a sostegno de' campanili (uno de' quali è da farsi), mentre le altre tutte, sì dentro che fuori, sono di figura circolare, come più aggraziata dell'altra.

La forma interna del tempio è una croce latina, il cui braccio maggiore è ripartito in tre navi divise da colonne, che diremmo piuttosto grandi pilastri assai forti e di bellissima composizione, su cui si aggirano archi a pieno centro, e formano due ordini di vôlte, delle quali le più depresse corrispondono su le navi laterali, e la più elevata su la centrale.

Che se a taluno piacesse notare alcuni particolari sulla costruzione interna di questo tempio, i quali, come facemmo osservare al di fuori, dimostrano le differenti epoche in cui venne innalzato, noi gli additeremo le colonne che circondano il presbitero, e le altre che sporgono per metà dalle pareti delle navate laterali, le quali tutte presentano ne' loro capitelli un intaglio di fogliami ed una sagomatura d'abaco meno aggraziata d'assai che non quella de' capitelli che sovrastano alle colonne isolate che fiancheggiano la nave di mezzo; queste consuonano affatto con lo stile di maestro Adamo di Arogno, e le prime segnano un'epoca di qualche secolo anteriore.

Tra i *Depositi*, che sono in questa Cattedrale in buon numero, noi indicheremo per primo quello di Pietro Andrea Mattioli, che su i nostri monti raccolse molte piante, di cui arricchì il suo celebre Trattato di Botanica. Vedesi presso alla porta principale a destra di chi entra. Poi quello del valoroso duce dei Veneti Sanseverino, che pugnando presso Calliano perì nell'Adige, e dai Trentini vincenti ebbe onorifici funerali e degna sepoltura. È osservabile anche quello che gli sta presso, del Vescovo Udalrico III, sopra il quale appeso alla parete è un gran quadro del 1504, dipinto in su la tavola e rappresentante la Crocifissione, riputato ottimo. Si veggono questi due da chi entra per la porta orientale. L'ultimo, e più degno d'attenzione, è su la parete meridionale sotto la cappella del Santissimo Sacramento, ed è, quello di *Bernardo Clesio*. Vedesi il di lui ritratto su la tela soprapposta in quel Cardinale che da S. Vigilio è presentato alla Vergine. Il dipinto è di Palma certamente, ma non saprei affermare se del vecchio o del giovine.

Dipinti notabili, oltre i due indicati, sono una Nostra Donna nel coro, dove se ne veggono altri di minor pregio, ma pure degni d'osservazione. Su lo altare, ch'è a destra di chi viene per la porta orientale, è una Madonna con alcuni Santi, opera di Francesco Morone. Su la colonna dov'è la mensa degli Acoliti, che servono al maggior altare, è un San Rocco dell'Orbetto. Le tele che sono su i due altari vicini alla cappella del Crocifisso, hanno pure non piccol pregio, in ispecie quella che rappresenta la Vergine e San Biagio, che è del Romanino. Non immeritevoli d'essere osservate sono le due grandi che coprono le pareti della menzionata cappella, le quali sono lavoro del bavarese Lott. Opera stimata è il *Cristo*, che ivi è velato sull'altare. Molti rivolgono a Dio loro preci innanzi ad esso con grande fiducia, perchè al suo cospetto furono pubblicati i Canoni, ossia le dogmatiche decisioni del Concilio tenutosi in Santa Maria; e non pochi affermano di avere conosciuto persone, a favore delle quali si verificò il *Fides tua te salvum fecit*.

La *Sagrestia* non è ricca, ma pure trovasi a sufficienza fornita di sacri arredi e di pregevoli reliquiarj, tra i quali è un'argentea cassa in cui son ossa di San Vigilio. Per maestria di lavoro si ammirano alcuni grandi arazzi istoriati.

Intorno alla Cattedrale dobbiam notare per ultimo che le sacre funzioni vi si fanno (come pure nelle altre chiese) con molta compostezza e dignità; e che, specialmente nella Quaresima, e al tempo della festa di San Vigilio, che cade a' ventisei di giugno, vi annunziano la parola di Dio valenti predicatori. E quando Lewald paragonò quello che udì per un momento al ciarlatano che veduto ed udito avea su la piazza, manifestò di essere villano sprezzatore, e impudentissimo uomo senza principi di onestà e di religione; chè solo un commediante il quale abbia perduto ogni pudore e insieme ogni rispetto a ciò che tutti riveriscono, può avere la sfacciataggine di offendere in modo cotanto indegno un sacro ministro, e un numerosissimo devoto Pubblico che intento lo ascoltava!

Uscendo per la porta posta a mattina si riesce su un trivio, dove, mirando verso oriente su per una larga e lunga contrada, che fu detta de' *Calapini*, e che ora ha nome da *San Vigilio*, vedesi, a capo di quella, *Porta Nuova*, che è la quinta di questa città, aperta non è molto, essendo state più altre in altri tempi murate. Di là inoltrandosi per l'altra via verso mezzodì si giunge ad un secondo trivio, ove da una parte si offre alla vista *Porta Veronese*, o di *Santa Croce*, e dall'altra la facciata di una chiesa che appellano di *Santa Trinità*. Salendo per la via del medesimo nome, che a questa conduce, vedrà il forestiere la *Casa ove si raffina lo zucchero*, stabilimento eretto pochi anni sono da una compagnia di Azionisti. Nell'umile fabbricato presso la chiesa, ricovero un tempo de' Padri Filippini, si raduna la scolaresca assai numerosa del *Ginnasio* e del *Liceo*, che vi sta co' suoi valenti professori a disagio. Nel locale del Liceo è da vedersi un *Gabinetto fisico*, rigenerato dal benemerito professore ab. Lunelli da Civezzano, il quale con raro disinteresse va sempre arricchendolo di nuove macchine.

Di quivi dirigendosi per un vicolo verso settentrione scendesi per contrada di San Vigilio, dove si vede nuovamente la raffineria dello zucchero, e là presso la *Piazza delle Erbe*. Questa è detta delle Erbe perchè vi si tiene mercato cotidiano d'ogni sorta di erbaggi, ed anche di agrumi, de' quali si fa qui grande consumo, cosa non osservata da Lewald, il quale con una solenne menzogna affermò, non coltivarsi in Tirolo per dare in tavola che cavoli e patate, il che è falso anche se intendeva parlare del Tirolo propriamente detto, ossia della parte tedesca. Si vendono e compransi su questa piazza anche frutta d'ogni qualità, butirro, pesce, uccelli, pollame, ostriche, selvatico, ec., ec.

Partendosi da questa piazza, che la mattina è piena di gente, e volgendo il passo ancora a settentrione, si arriva su la piazzetta che dicesi del *Vecchio Macello*, d'onde si scorge, guardando ad occidente, *contrada Oriola*, anticamente appellata *Auriola*, ove sono molte botteghe, la quale va ad unirsi a quella di San Benedetto per condurre alla torre della maggior piazza presso il Duomo: più su a manca, mirando a tramontana, tornasi rivedere contrada di San Pietro; e progredendo ad oriente si giunge a quella di *Santa Maria Maddalena*, che va a finire a Porta d'Aquileja. Questa via ha il nome della santa Penitente perchè ivi era una chiesa a lei dedicata, nella quale adunavansi i parrocchiani per le sacre funzioni. Al presente questa parrocchia è unita a quella di San Pietro. Là dov'è l'abitazione ristaurata de' Conti Consolati, e in tutta l'isola formata dalle case prossime a quella, furono scoperte reliquie di una fabbrica antica e solidissima, la quale credesi che fosse un anfiteatro. E in altri luoghi ancora nel fare scavi per fondamenta nuove o cantine, si trovarono a molta profondità pietre lavorate, frammenti di colonne, acquedotti, utensili, monete ed altri avanzi di antichità molto rimota, di che fui testimonio io medesimo quando si fecero le profonde fosse per mettervi le fondamenta del nuovo palazzo del conte Leopoldo di Thunn.

Le mura di questa città, costruite di marmorei massi al di fuori, e nell'interno di sassi tenacemente uniti con calce, sì che anche togliendone l'intonaco il muro non discade, ma restasi come roccia sospeso, ornate di merli con feritoje e difese da torri, le quali hanno tra sè comunicazione per un interno corritojo, si vedranno dal viaggiatore s'egli vorrà con noi uscirne per prendere cognizione de' bellissimi dintorni. Qui gli diciamo solamente, che da tutti gl'indizj artistici e dalle istorie ancora, si evince esser elle opera degli Etrusci, rifatta da Romani, poscia dal re d'Italia Teodorico, ed indi in epoche diverse ristaurata, e in più luoghi elevata ed ampliata. Elle volgono intorno più d'un miglio italiano, ma in tempi antichi il loro circuito era più ristretto. Sembra potersi provare da certi vestigi e da documenti, che una volta scorrevano da oriente in vicino al Duomo, e di quivi sotto, ma presso a Santa Maria, fino alla Portella, o Porta Bresciana, ch'era di qua della torre Vanga. Certo è che i fabbricati occidentali di contrada della Prepositura, e il convento delle monache di Santa Margherita, formavano un sobborgo, e che Borgo Nuovo appellasi ancor oggi la parte della città ch'è presso a Porta Veronese.

Le cose da noi sinora vedute e notate in Trento sono esposte agli occhi del pubblico, e il tutto dimostra che questa fu città italiana molto ricca, e che anco al presente si trova ella in istato di floridezza, Questo si manifesta più ancora a chi può entrare nell'interno delle abitazioni de' ricchi, nelle quali s' incontrano indizi antichi e moderni non solo di opulenza, ma di buon gusto e coltura eziandio, ed in buon numero. Quadri assai pregovoli, statue, monete, medaglie e molte altre cose preziose conservano con gelosia molti di questi signori. Se le tele ch' ei posseggono del Guercino, di Guido Reni, del Perugino, del Dolce, dei Rosa, di Tiziano e d'altri valentissimi, che gl'intelligenti sanno discernere, fossero in una sala unite, formerebbero una ragguardevole galleria, che sarebbe e bel decoro della città, e scuola atta a sviluppare il buon *gusto* ne' giovani artisti. I servi di piazza potranno dire agli stranieri, quali possessori di rarità preziose, aprono volontieri ai curiosi i loro gabinetti, e indicare forse alcuni che io, per difetto di maggiori notizie, non posso nominare.

Non tralascerò pertanto di avvertire che belle dipinture sono presso il Vescovo Principe; che molti affreschi ornano la sala de' conti Lodron; che antichi dipinti, e moderni, di Hayez, di Canella, di Palagi, ha nelle sue camere il C. Girolamo Malfatti; che i conti di Wolckenstein, i baroni Turco, Salvadori, Gandenti, e i signori di Lupis, Schrek, Sardagna, Travaglia, Corradi, sono pure forniti di rare e pregevoli tele; che i conti di Thunn, e Spaur Giovanni (i quali per debito onoro e venero), oltre le rarità che custodiscono ne' loro castelli nella Naunia, conservano anche qui dipinture bellissime; che il conte Simone Consolati ha una preziosa raccolta di quadri, d'incisioni e di sculture, e tra queste ' alcune opere del naune Insombe, che lavora in Firenze; e che il C. Benedetto Giovanelli fece con molta spesa dotta collezione di monete e medaglie e reliquie; altre dell'antichità, spettanti in gran parte al Trentino. Sua Eccellenza D. Antonio dei Mazzetti unì da ogni parte, senza risparmio d'industrie e di spese, quanto gli fu possibile di avere, ed ha moltissimo di documenti e di libri stampati e manoscritti risguardanti la nostra Istoria.

Vicinanze di Trento

Chi si parte da una città senz'avere visitati i suoi dintorni, per quanta cura siasi egli preso di procurarsi notizie di tutto, non potrà mai averne piena contezza. Quelli di Trento, sono così variati nelle loro bellezze, ed offrono all'osservatore tanta materia di riflessioni, che saria un amare poco d'istruirsi il non volere visitarli. Noi invitiamo per ciò chi è curioso ed amante d'intendere ad uscir fuori a vedere, assicurandolo che nè il molesto Mercey nè il noioso Lewald verranno a turbare i nostri piaceri.

Il *primo viaggio* sarà breve ma dilettevole. Esca il viaggiatore per la *Porta di San Martino*, e piegando ivi subito a destra, salga per la ripida ma breve stradella che conduce a vedere da presso la *torre del Castello*. Ivi gli si presenterà alla vista, volgendo gli occhi attorno, un grato spettacolo. Il fiume, che scende a lambire il Borgo di San Martino, e la città dalla Torre Verde sino alla Vanghiana, e poco sotto il Ponte di San Lorenzo, scompare; una bella penisola formata da questo giro dell'Adige su la sua destra, penisola verdeggiante per viti, per gelsi, e per alberi fruttiferi; soprastante a questa lo isolato alto colle, che dalla sua forma di porro od escrescenza fu anticamente detto *Verruca*, ed ora nomasi *Dostrento*, dove sorgeva ne' tempi andati un castello di retica origine, e fortificato dai Romani; al suo piede la villetta *Piè di Castello*, con un'antica chiesa; più in là di Dostrento colline e poggi coperti di belle macchie o di vigneti, ed abbelliti da vecchi e nuovi casini e rustici casali; una grande parete del monte dalla quale si precipita un ruscello formante un'alta cascata; sul monte un castagneto assai vasto; più in alto ampie praterie che inverdiscono la base dell'altissimo *Picco di Bondone*. E tutto questo mirasi di fronte. A sinistra si vede una parte della città e altre più lontane colline. A destra l'ampia e fertile pianura appellata *Campo Trentino*, e di là del fiume la stretta denominata di *Vella*, e a' piè del monte la terra dello stesso nome; il quale monte, coperto di boscaglie, lascia vedere dietro a sè in lontananza la montagna altissima di *Gaza*, dove nella estate vanno pascolando le pecore. Ciò smentisce le asserzioni dì coloro i quali parlarono di alpi coperte da perpetue nevi che circondano Trento, facendone rigido il clima. Le nevi cadono per ordinario su i circostanti monti alla fine di novembre, e spariscono interamente di maggio; e sul piano restano ora due, ora tre mesi, e questo non sempre, chè qualche inverno passa mite ed asciutto senza neve, come accadde dall'anno 1831 fino inclusive il 1835.

Volga quinci i passi più innanzi, e potrà osservare l'esterno verso oriente del Castello, e le mura, finchè si trovi a *Porta Nuova*, non molto più in giù sotto quella d'Aquileja. Là giunto vedrà il *Monastero delle Dame della Carità* stabilitevisi da circa un lustro per educare fanciulle povere. Vi ebbero prima sede religiosi di San Francesco. Lì pieghi a sinistra lungo il canale che introduce in città acqua derivata dal Fersina, ed inoltrandosi per l'angusta via gli verranno veduti parecchi mulini, in alcuni de' quali si riduce in polvere la foglia del *Sommaco* (volgarmente Scotano, dal Mattioli detto Rhu Cotino, in latino *Rhus Coriaria* (che noi diciam *Fojarola*, prodotto del paese molto considerabile, il cui smercio all'estero si dee all'accortezza e all'amor patrio de' signori Rung mercadanti. Fu primo il signor Giacopo Rung che animò i nostri contadini a far raccolta delle foglie dello scotano, che prima lasciavansi cadere e marcire neglette ne' boschi; e il figlio di lui, Antonio, ne procurò lo smercio in Olanda, portatosi colà per questo fine.

Il *Suburbano del C. Giovanelli*, presso al convento de' Riformati, che si vede in alto, sarà visitato con piacere, e si potrà ivi imparare come sia possibile, anche lavorando nelle roccie e pugnando co' macigni, procurarsi una delizia, e cavare dallo speso capitale onestissima usura. Qui si osserva diligente coltura della vite, del gelso, e delle arbori da frutto, qui si respira la estate, salendo pel boschetto, aria salubre, qui odonsi i melodiosi canti degli usignuoli, qui, presso la fonte, all'ombra de' cipressi tengonsi la sera dotti e piacevoli ragionamenti.

Il *Ponte Cornicchio sul Fersina*, ad oriente del menzionato convento, non presenta in sè gran che di raro, ma non è a trascurar di recarvisi, perciocchè si vede ivi il Fersina uscire di mezzo delle alte rupi, formare sotto il ponte una cateratta, ed avviarsi parte pel suo alveo, e parte per un canale a muovere le ruote de' mulini e fornire di acqua la città. Il meglio però che quivi si può vedere si è un'amena collina, o più tosto grande falda del monte che innalzasi a settentrione, sulla quale matura in grande quantità uva, da cui si spreme vino squisito.

Dilungandovi dal ponte andremo al *Convento*, ch'è sopra un alto poggio. I Padri Francescani riformati ne accoglieranno amorevolmente, e ci narreranno la origine e i progressi di quel chiostro, e ne condurranno alla ricca loro biblioteca, facendone vedere le gravi fatiche del P. Giangrisostomo da Avolano, coll'ajuto delle quali, e col soccorso de' volumi stampati del P. Bonelli da Cavalese, si potria scrivere un grande tratto di storia della Chiesa e del Principato di Trento; e sul monte, dove hanno loro orti, c'indicheranno vedute oltremodo bellissime, e ne faranno attenti alle sontuose arginazioni del Fersina, e tanto ne piacerà quel soggiorno, che ci partiremo di là non senza sentirne rincrescimento.

Giunti sul piano, ci avvieremo, prendendo la sinistra, al luogo detto *San Bernardino Vecchio*, perchè nel secolo decimoquinto fu ivi eretto con tal nome un convento che più non esiste. Lì presso potrassi osservare il filatoio del conte Bortolazzi, e la filanda del signor de Ciani, fabbrica tutta nuova, cui sta vicino un casinetto con giardino provveduto di piante esotiche e nostrane.

Più sotto, presso le mura meridionali della città, è la *Piazza* che dicono *di Fiera*, perchè vi si tengono mercati di animali. De' quali mercati sono famosi e frequentatissimi quelli di San Martino, e della Casolara, il quale ultimo cade nella prima settimana di Quaresima. Nella primavera e nell'estate si giuoca su questa piazza alla palla e al pallone, ed è bello il vedere come i focosi giovani gareggiano in bravura, animati col battere di mani da numerosi spettatori.

Presso Porta Veronese fa bella mostra di sè un ridente casino di forma circolare, costruito con massi di marmo rosso, ora abbellito dal signor Perghem, che n'è possessore. Era stato costrutto dal Vescovo Principe e Cardinale Lodovico Madruzzo a difesa, credo, di quella porta, dandogli l'aspetto di torre. È pur osservabile, ivi presso, il *civico magazzino della pubblica Annona*, stabilimento che onora assai la città di Trento, dove il pane si mangia sempre ottimo e a mite prezzo, in grazia appunto delle providenze di questo istituto, le quali providenze saggissime ed umanissime si spiegano colle parole: *Fare guadagno, negli anni d'abbondanza onde poterne dar pane di ugual peso anche negli anni di carestia.* Devesi la gloria d'esserne stato secondo fondatore, perchè i capitali si erano distratti, al conte Benedetto Giovanelli podestà.

Incamminandosi verso mezzodì si passa pel crescente *Borgo di Santa Croce*; a capo del quale vedesi, ombreggiata da annosi tigli, la umile *chiesa de' Padri Cappuccini*. Questi uomini, poveri e quieti, fanno, come i Riformati, del bene in molti modi, e specialmente colla predicazione avvalorata da una vita austerissima. Molti alla parola Frati inorridiscono. Io amo la giustizia; nè penso come Schiller, il quale volle dare ad intendere, essere i Frati nemici dell'umanità! So che molti di loro cagionarono mali gravissimi, come ne cagionò, anche più gravi, il corpo della nobiltà, de' Letterati, ec., ec., ma so, e dico, e potrei provarlo coll'autorità, in ciò veneranda, di Voltaire, che il bene fatto dai Frati all'umanità è incalcolabile.

Qui vicino è l'*Ospitale civico*, ed era un tempo chiostro di monache. L'istituto dell'ospitale è in Trento antichissimo, e trovasi proveduto di ricchi fondi, sicchè i poveri, per la cristiana carità de' nostri vecchi buoni, ricevono ogni sorta di aiuti e di conforti, quando Iddio dispone ch'ei caggiano ammalati. Abbiam fatta menzione dell'Ospitale di Santa Marta, dell'Alemanno, di quello, detto la Casa di Dio; parleremo di un altro che ebbe nome da S. Nicolò; quelli esistevano a' tempi andati. Di presente vi è solo questo, ma è sì bene proveduto e regolato che nulla vi manca. Si assegnarono già i fondi per ampliare la fabbrica, e provedere, portandola a maggiore altezza, che vi s'inspiri dappertutto aria sana.

Le due case, a destra e a sinistra dell'arco a tre porte, che ne mostra la via per discendere al Camposanto e al palazzo delle *Albere*, sono una il *filatojo* del signore de *Ciani*, e l'altra più elevata la *Filanda* de'Baroni *Salvadori*. Il *Cimitero* al quale si va, com'è detto, per quella via cui il menzionato arco introduce, è ampio, però forse non quanto bisognerebbe, e, appena incominciato, presenta solo il lato dalla porta di settentrione, consistente in due bellissime loggie con grandi colonne di bianco marmo e d'un solo pezzo in ordine dorico, nel mezzo delle quali sorgerà la cappella. Il disegno è del signor Giuseppe Dal Bosco da Trento. Alcune tombe di bianco marmo con brevi iscrizioni (non parlo di quelle piene di superfluità, chè infastidiscono) eccitano, in chi soffermasi a considerare, pii sentimenti, i quali sono rafforzati dall'umiliante pensiere: *Anch'io dovrò morire*. Non è mai l'uomo di tanta buona volontà che in que' giorni ne' quali si trova a meditare e pregare pe' Defunti. E quando accade di vedere qualche misero sventurato, che col pallore e colla mestizia sul volto tiene fissi gli occhi sopra una Croce, e muove le labbra pregando requie a' suoi Cari perduti, si è tentato di turbare quella sua estasi beata recitando i bellissimi versi del Saluzzese:

È il duol cimento
Ove Dio prova degli umani il cuore.
Nè infelice è chi muor, ma chi morendo
Guarda gli anni volati, ed alcun'orma
Da sè lasciata di virtù non trova.

Il *palazzo delle Albere*, architettato o dal Sanmicheli, o dal Serlio, o da chi altro non so, certo da un valente, benchè da lungo tempo abbandonato, conserva ancora le sue belle forme, non però gli a fresco che vi si ammiravano, i quali furono guasti da un incendio, e poscia dalle intemperie cui restarono esposti molti anni per la infelicità de' tempi di guerra e di rivolgimenti. Un Madruzzo Vescovo Principe fu quegli che'l fece erigere. Ed ho udito dire a più vecchi nelle tradizioni del paese assai versati, aver esso ordinata questa bella fabbrica per ricevervi ed onorare il giovane figlio di Carlo V Imperatore, che poi fu il secondo Filippo di Spagna. Il palazzo è detto delle Albere, perchè la via che vi conduceva era fiancheggiata da due lunghe serie di pioppi italici, che noi diciamo albere.

Avvicinandosi all'Adige, sulla cui ripa è un sentiero che guida a Porta Bresciana, si vede a mezzo del cammino in fondo bene colto *un casino ombreggiato da salici piangenti*, delizia che preparò a sè ed ai benefiziati suoi successori, l'ab. Francesco Ravelli, come dice una lapide collocata sul lato orientale della fabbrica. Quivi, passeggiando nell'orto per li viali siepati di altea, benchè il luogo sia basso, veggonsi gli elevati dintorni della città in gradevolissimo aspetto.

Il *secondo viaggio* sarà più campestre, e pur non meno piacevole del primo. Si esce per Porta d'Aquileja, e per la via regia ascendesi su per la pendice delle Laste. Dopo un bel tratto di cammino, che poco o nulla vi affatica, perchè i colti, le case di campagna, e le belle vedute sempre nuove rallegrano, vi si affaccia il sontuoso elegantissimo *palazzetto del conte Simone dei Consolati*, al quale si va per una via alquanto ripida ma spaziosa, da solide alte muraglia sostenuta. Il luogo è detto *Fontana Santa*, Il complesso de' fabbricati di questa amena villa è maestoso e rallegrante. Gli orti, i giardini, i vigneti, il bosco, la stretta valle, il rigagnolo che vi scorre per entro (il quale talvolta si fa torrente, che col nome di Saluga, scendendo minaccioso fin a porta d'Aquileja, sparge paura nella città), formano un tutto delizioso che indica intelligenza, buon gusto e sollecita cura. Nelle ornate camere del palazzino ha sospese il padrone preziose dipinture della sua galleria. Anche nella pulitissima cappella, collocata sola in forma di rotonda sopra un'eminenza, vedi un *Riposo in Egitto* del cav. Vanni, ed una *Madre Amabile* del valente Hayez, che ti obbliga a raccomandarti alla Santissima con un umile affettuoso confidenziale Ave Maria.

Di là partendo per rimettersi in su la pubblica via, ivi dov'è una croce di pietra, l'occhio si spazia sopra vicine e lontane vedute grandemente e in gradevole modo variate; le quali ameremmo di descrivere se non temessimo di fare torto al vero, e per ciò dispiacere anzichè dilettare.

Il vicino isolato edifizio, che fu convento di frati Carmelitani, costruito per volere del duce Galasso *pro redemptione anime suæ*, è ora *Casa degli Esposti, Scuola d'Ostetricia*, e *Ricovero delle Partorienti*, dove ritiransi a nascondere nella rigorosa secretezza de' prudenti direttori di questo triplice istituto, spensierate giovani i loro falli. I seduttori che le abbandonano al disonore, il che è per molte causa di perdizione, appellano siffatte azioni trascorsi giovanili, fragilità umane, e ne fanno materia di scherzi e di riso! Rideranno anche gli sventurati, che di là usciti, si troveranno senza patrimonio, senza patria, senza parenti?

Prima di giungere dalla detta croce alla terra di *Cognola*, è, pochi passi oltre l'isolata chiesa, un bivio. Chi giuntovi s'incammina per la sinistra, giunge alla villetta, piè su al luogo detto *Trassasso*, dov'è una cava di *marmo lumachella*, e più oltre ancora, ad una eminenza, d'onde scorge sul piano il corso del Fersina, e il Borgo di *Pergine col suo Castello*, e molte altre terre, e colli, e macchie, e selve, e monti erbosi in bellissima prospettiva. Nella prima delle terre, *Civezzano*, è un bel tempio eretto per cura del già tante volte lodato Bernardo Clesio, architettato sulla foggia di quello di Santa Maria in Trento, nel quale si vagheggiano dagl'intendenti un *San Giovanni Battista*, una *Visitazione* ed altri quadri dei Da Ponte, detti i *Bassani*. Di qua di Civezzano sono altre cave di marmo, d'onde si trassero colonne, uguali a quelle che vedemmo nella chiesa dell'Annunziata, le quali passarono in Inghilterra.

Non volendo portarsi dal menzionato bivio tanto innanzi, bisogna ivi prendere la destra che conduce all'antica *Villa dei Madruzzo*, e di quivi a *Ponte Alto*. La villa ha nome dai potenti signori che edificaronla; al presente però non comparisce qual era, perciocchè una parte del fabbricato precipitò, colla roccia su cui pesava, giù nella profondissima valle. Il ponte è degno di osservazione pel sito e per l'altezza da cui ebbe la denominazione. Il piccolo, ma nelle piene possente e terribile Fersina, scavò le due vicinissime rupi a tanta profondità, e fece in esse tanti seni tortuosi, che stando sul ponte sì puote appena vedere il suo corso. La stretta valle dond'esce il fiumetto si apre ivi un poco, e più su chiudesi di nuovo. Bisogna là discendere per lo sentiere ch'è alla sinistra del ponte a contemplare quelle angustie,

Dove le gorgoglianti acque comprime
Di qua e di là deserto orrido monte,

e ad osservare il grande argine traversale che sotto il ponte si costruì a fine di ritenervi le congerie, che condotte al basso porterebbero, come avvenne assai volte in passato, dannosissimi guasti alle campagne, e pericolo grande alla stessa città. Vedesi, stando laggiù, sopra di sè il ponte di pietra altissimo come fosse in aria sospeso, e sotto di sè, ad altrettanta profondità, un nero baratro da cui sollevasi in vapori l'acqua dalla fragorosa cateratta a bagnare le opposte muscose rupi, dalle quali sporgonsi in fuori piante che mai non veggono il sole, ed esce talvolta lugubre e spaventosa la voce dei gufi.

Per condursi di là del ponte sul piano la via è ripida e scoscesa, ma chi non volesse farsi condurre alle grotte che sono indi non molto lontane, ha un compenso nel trovarsi, anche venendo di là, in que'luoghi dove ricchi cittadini passano villeggiando una parte dell'estate e dello autunno. Le piccole terre della *Parrocchia di Povo* sono in quel tempo un allegro soggiorno, e ne' casini sparsi qua e là per le campagne, e sulle piazzette, e ne' viali si trovano brigate numerose di Signori e Signore, di giovinotti e donzelle che, sostenuta la fatica di ordinare e pulire negli orti i sentieri, le aiuole e le piante dilette, si fanno visita per leggere o trastullarsi insieme onestamente. Quivi accolgono essi e trattano ospitali ogni uomo civile ch'è loro presentato; e la gioventù lo invita con amabile modestia a compatire la recita di una commediola di Scribe, o di qualche altro poeta.

Descrivere minutamente questi bei luoghi la sarebbe un'ingrata lungaggine. Il viaggiatore per potersene formare una pittura dee salire ardimentoso in su il *dosso* o colle di *Sant'Agata*, su la cui sommità stava negli antichi tempi *Castrum Pavi*, o *Pai*, ed ora non evvi che una chiesetta, la quale, giudicandone dagli indizj di vetustà che presenta, si può credere esser la cappella del castello salvata da qualche uomo pio, mentre di quello sparivano gli ultimi avanzi. I conti Pompeati, possessori di quasi tutto questo colle, ne resero amena e piacevole la salita, praticandovi una via sufficientemente comoda e spaziosa. Dall'alto di esso vedesi, guardando per l'apertura de' monti divisi dalla valle del Fersina, una parte delle montagne che sono più entro di Civezzano; il monte che chiamossi *Argentario*, per le miniere di argento che vi erano, ed ora è detto il *Calumbergo* (e Calumbergo nomavasi anche un forte castello che vi torreggiava), fa di sè bella mostra a settentrione per li colti, i vigneti, le case e i casini campestri, e le villette che adornano la sua falda: scorgesi, mirando ad occidente, il pendio delle colline di Povo (il cui prodotto in vino è si considerabile, che anticamente appellavansi questi luoghi *La cantina di Trento*), quindi sul piano la città, e più oltre su la destra dell'Adige le opposte più basse colline, e i monti, non più così alti, già sopra menzionati: riguardando a mezzodì si ha sotto gli occhi il rimanente de' poggi e del piano che stendonsi in vago aspetto per le varie forme e situazioni delle terre e de' palazzini tutto pittorico, fino al *colle di San Rocco*, su la cui cima è una chiesetta e l'abitazione per un Romito.

Il tratto di terreno che circonda questo colle è detto *Casteller*, ed è probabile che questa voce sia formata da *Castel Valerio*, perchè si crede essere ivi stato il castello di un Valerio romano (del quale è fatta menzione nelle antiche nostre memorie) che n'ebbe forse un altro nella Naunia, detto pur al presente Valer. A' piè del colle sono vignati, i quali chiamansi *Man*, nome che supponesi derivato da *Manes*, dei Mani, perchè ivi trovaronsi vestigi di sepolcri, e di un tempietto de' tempi romani.

Dal Dosso di Sant'Agata passi il curioso alla terra di *Villazzano*, ed indi scenda a *San Bartolommeo*, per giungere di là sulla via regia, e al ponte sul Fersina. Se giunto di qua del *Rivo Salè* volesse farsi condurre al luogo detto *Goccia d'Oro*, potrebbe ivi osservare una grande *cedraja*, ossia *Serra di agrumi*, appartenente al conte Cloz, e più alto su la sinistra del Salè gli avanzi del *Castello Pietrapiana*. Poi salendo sopra il colle circondato e vestito di quercie, che è sotto alla cedraia, sentirebbesi balzare il cuore per lo diletto, che apporta il mirare di là tutto il bello della città e delle sue pertenenze, come in un quadro con mirabile arte nelle sue divisioni e proporzioni ordinato. Ma questa breve passeggiata gli parrà disagevole, senza un condottiere pratico de' luoghi.

Ora siamo al ponte sul Fersina. In qualunque parte volgiamo qui lo sguardo, ne si offrono vicine e lontane tali vedute, che riempiono l'anima di quel sentimento che solleva a pensieri, i quali, gradevolmente succedendosi, fanno piena per alcun tempo la nostra contentezza. Da una parte una catena di collinette, che, framezzate da un castagneto, si prolungano fino a ponte Cornicchio e al convento de' Francescani, il quale si discerne qual edifizio eretto dall'accorgimento e dalla saviezza; la casa del triplice istituto, il palazzetto Consolati, cento e più casini e rustiche abitazioni qua e là disposte per la pendice delle Laste e su per la falda del Calumbergo fino all'alta ed estrema Villamontagna. Di fronte la città vicina colle sue torri e cupole e campanili, e con Dostrento che pare sovrastarle da un lato, mentre il castello stassi a sua guardia e decoro dall'altro. A manca i portici del Camposanto, il palazzo delle Albere, la bella cascata di Sardegna e le sottoposte colline. Da tutte le partì alte e lontane montagne, che il lungo corso dei secoli non potè spogliare della virtù di rinverdirsi la primavera, e che coll'aspetto autorevole di vetustà remotissima pare che dir ci vogliano: Noi vedemmo gran cose che voi ignorerete per sempre! noi ci staremo qui ancora per molti secoli immote, e voi, agitati da tormentose passioni, andrete presto sotterra!

Tra viali formati da lunghe file di italici pioppi, luogo di pubblico passeggio, si rientra in città.

Il *terzo viaggio* ne conduce di là dell'Adige pel ponte di San Lorenzo, Ivi, a destra, è un fabbricato, che fu convento prima di Benedettini e poi di Domenicani, ai quali cedettero quelli il luogo, ricoverandosi nella vicina terra di Piè di Castello, ivi appunto, dove al presente abita il Pastor d'anime, ed era allora Abbate di San Lorenzo il benedettino *Fra Bartolommeo da Trento*, del quale esistono inediti pregevoli scritti. Ora la fabbrica è *Casa di ricovero e d'industria* per gl'indigenti non atti a lungo travaglio, e per altra gente bisognosa, o poco amica del lavorare, che impiegasi in varie manifatture a fine di scemare il numero de' mendicanti, e di trasformare i maleducati di ambi i sessi in cittadini operosi e stimabili. Il lodevole santo Istituto manca ancora di fondi, ma supplisce alla spesa la beneficenza de' filantropi, e la carità de' Cristiani, le quali buone disposizioni, dicasi a gloria del vero, non vennero in Trento mai meno.

L'antica chiesa di *Santo Apollinare*, al principio della terra *Piè di Castello*, è osservabile specialmente al di fuori. Ne' suoi pilastri esterni si veggono dieci pezzi di pietra, che sono *frammenti di ornati d'architettura*, e sei, *lapidi,* parte intere e parte spezzate, *scritte in linguu e caratteri romani*. Queste iscrizioni appartengono ad Augusto e al suo legato Sesto Apulejo, all'imperatore Adriano, a Faustina moglie di Marco Aurelio, ec. Meritano particolare attenzione le lettere cubitali d'alcuni di questi avanzi. Erano sul colle per la sua forma detto latinamente *Verruca*, ch'è quanto dire porro o escrescenza, ora chiamato Dostrento, ove sono tuttavia reliquie del castello di cui più sopra si è parlato; Il barone *Giangiacopo Cresseri* scrisse intorno a questo castello, e alle dette lapidi, ed altre che ivi erano, un erudito libretto, ch'è assai raro, e che dovrebbesi ad onor dell'autore e della patria divulgar ristampandolo. Più ampiamente però, e certo con non minore erudizione, trattò queste materie il conte Benedetto Giovanelli nel suo libro: *Trento città de' Rezj e colonia romana*. La *immagine di Sant'Apollinare*, ornata di cornice marmorea sul muro che guarda al maggior altare in questa chiesa, è dipinto antico di valente autore.

Veduta la *Filanda dei signori Tabacchi,* non lontana dalla chiesa, dee il viaggiatore decidere se vuol fare una lunga corsa per Buco di Vella a vedere nuovo paese, o se ama meglio di salire sul vicino monte per recarsi alla terra di Sardagna, o se gli piace più di portarsi a vedere da presso la cascata che da Sardagna discende, o se preferisce di trasferirsi a conoscere in altro luogo un'amenissima villa.

Questa villa è *Margone*, possedimento della nobile famiglia Lupis, il quale appartenne un tempo a quel Fugger che faceva edificare il palazzo Zambelli in città. Si va in già lungo la sponda dell'Adige, ed ascendesi alla villetta *Pisavaca*, dove fu ne' secoli andati un castello del medesimo nome; di là si passa a *Ravina*, piccola terra, le cui colline producono vino eccellente, e di qui salendo presso il castello che dicono la *Torre dell'Orco*, gustato il piacere di avere considerato il bel piano che giace a mezzodì della città, e l'aspetto di questa, e delle orientali colline, giugnesi sul pendío di un alto dirupato monte a notare in mezzo a bei colli circondati da frasconaje, e verso il monte da un foltissimo bosco, *un palazzetto*. Più *sale e camere* di questa solitaria abitazione sono *dipinte a fresco*. I soggetti rappresentano fatti della sacra Istoria, o avvenimenti dei tempi di Carlo V imperatore, che fu in questo paese, e di cui era forse favorito quegli che ordinò doversi le sue geste in questo luogo dipingere. Anche il meno intelligente ammira in queste pitture la freschezza de' colori, che dopo tre secoli non soffrirono alterazione. Nella sala che diremo di Carlo V, arrestano l'osservatore, più degli altri soggetti, il Borbone ferito (forse da Benvenuto Cellini, che sembra vantarsene) sotto le mura di Roma, e Francesco re dei Francesi che comparisce innanzi a Carlo dopo la battaglia di Pavia: argomenti amendue, per chi ha cognizione della istoria, e sa pensare, fecondissimi di serie riflessioni. Chi vuole che Giulio Romano, e chi pretende che il Romanino, sia autore di parecchie di queste dipinture. Certo è che molti e valenti furono i pittori. Si conservano qui anche in buon numero quadri lavorati da mani maestre, ed altre rarità molto pregevoli.

Chi di siffatte cose non è amante, salga sul poggio, dove si può da vicino osservare la *Cascata di Sardagna*. Il casino ch'è sulla vetta, e la circostante campagna, novello acquisto del dottore Catturani , che se ne va formando una delizia, invitano ad andarvi almeno a fine di vedere da quella parte la città e le colline a lei prossime col resto delle sue vicinanze. Veggonsi ivi nella cappella dipinture di non piccol merito. Al burrone della cascata vassi pel bosco. Misurata l'altezza dal ciglione del monte, dove l'acqua si riversa in giù fino ai massi che percuote cadendo, si trovò essere di piedi quattrocento ottantaquattro di Parigi. Presso al detto poggio era un ospitale detto di *San Nicolò* E leggiamo che il vescovo Aldrigeto, da Campo di Giudicarie, nel 1241, fece ottimi regolamenti pel buon governo di questo pio istituto.

Ardua è la salita a Sardagna, e, tranne forse un bel quadro nella chiesa, poco di notabile vi si trova; ma può essere a qualcuno di sprone ad andarvi la certezza di es- sere là su dilettato da vedute ampie e piacevolissime. Il corso dell'*Avisio*, che viene dalla valle di Fieme, e più su quello del *Nosio*, che scende giù dalla Naunia, molte terre sul piano assai vasto e su le falde dei monti, e intorno a quelle spaziosi colti e innumerabili vignati, ciò scorgesi riguardando a tramontana e nordeste. Mirando poi ad oriente e sudeste si ha sotto gli occhi, in aspetto nuovo, la città colle sue orientali colline, il corso del Fersina cogli argini che lo conducono all'Adige, il piano e i monti su la sinistra di questo fiume, che segna una lunghissima tortuosa striscia nel mezzo della vallea, parecchi villaggi, ed una parte della valle Sorda o di Vigolo che riesce al lago di Caldonazzo, dal quale trae il Brenta sua origine.

Valicando ivi il monte, o incamminandosi per la stretta di Buco di Vella, dove magnifica è la strada che ora vi si pratica, ed assicura il viandante potersi da quelle angustie uscir a rivedere ampio e lucido il cielo, entrasi nel distretto di *Terlago*, ove sono laghetti, dai quali il paese ha tolta la denominazione. Anche in questi luoghi vanno a villeggiare alcuni signori di Trento. Più oltre è *Vezzano*, in lapide romana detto *Vitianum*, nominato poscia a' tempi de' Longobardi allorchè qua irrompevano i Franchi distruggendo terre e castelli. Ora ha l' onore di borgo. Qui oltre le ficaje, le viti e i gelsi, coltivansi anche gli ulivi. Chi è bramoso di vedere alcuni *oliveti*, batta alcun poco la strada che guida a *Calavino*, e non solo potrà fare paga la sua curiosità in questo, ma troverassi in così ameno paese che saprà a pena paragonargliene alcun altro. Dove non sono oliveti o vigneti veggonsi belle macchie di sempreverdi elci. E a' piè dei poggi abbelliti da queste piante sono i due laghi di *Santa Massenza* e di *Toblino*, dal primo de' quali si entra nel secondo per uno stretto. Ed inoltrandosi ancora si vede, costruito sopra un promontorio, che ha base nel lago, l' antico e cospicuo *Castello Toblino*, e di qua sopra la terra Madruzzo, non lungi dalla quale era il *Castello Madruzzo*, un grande parco in cui dilettavansi, col fare caccia, gli illustri non meno che ricchi madruzziani Signori; e più in là campagne con molta solerzia coltivate, e la collina detta *Monte di Cailavino*, la quale somministra vini per la loro eccellenza famosi. Ma per dare una descrizione di questi luoghi, bisognerebbe avere la penna dell'Ariosto, o il pennello del Canella. A noi basta di averne fatta menzione. E sappia il viaggiatore che l'andarvi, lo starvi, e il ritornarvi domanda cinque o sei ore di tempo. Avvertiamo che presso Vezzano si scopersero vestigia di un tempio eretto *Fatis Fatabusque*, e che nel castello Toblino si legge una romana lapide appartenente ai riti de' *Fratelli Arvali*.

Ricapitoliamo ora un poco le cose osservate in questi tre viaggi. Vedemmo alte montagne coperte di verdi zolle, e da rovereti o pineti, ma non fatte orride per folte selve, montagne per la più parte formate di pietra calcare; e poggi e colli composti altri di frammenti di questa medesima pietra, altri di terra argillosa o cretosa, ed altri di bel marmo in parte nudi e in parte coperti da terra vegetale, erbe ed arbusti. Osservammo che del marmo rosso con varie gradazioni, e del bianco, tratto dalle nostre cave, sono fabbricate così le mura come le torri e le case della città. Notammo che la pianura, fatta pingue e feconda per le deposizioni dell'Adige, e le colline tutte e le falde montane manifestano diligente e studiata coltura esercitata senza risparmio di fatiche e di spese. Quello che al forestiere dee parere incomprensibile si è, che, non mancando punto il paese di acqua onde irrigare, si veggono pochissimi prati. I Trentini dicono che torna loro a maggiore vantaggio lo attenersi al presente genere di coltura e comperare il fieno. Sapranno essi conoscere il loro meglio; ma all'osservazione che scarseggiasi molto di bestiame, e, perchè il poco che si ha è nutrito anche colla paglia, vi è difetto di concime, non si è ancora udita risposta che possa appagare. Anche su le viti che si coltivano nel piano potrebbonsi fare osservazioni e calcoli da indurre qualcuno a sradicare, o diradare almeno le, quasi direi, selve di salici che sono ingombro fatale alle campagne, le quali non avendo a nutrire questi parassiti darebbero e miglior uva e grano più buono e più abbondante. Ad onta però di questi inconvenienti maturano ne' campi orzo, segale, frumento e maiz, che qui dicono Zaldo, in discreta, non però sufficiente quantità. Gli orti somministrano erbaggi teneri e saporiti, tra i quali primeggiano gli asparagi, la lattuga, l'indivia, i ramolacci, le barbabietole, i cocomeri, le carote, le rape, i piselli. Sul piano e su i colli non mancano, anzi abbondano, le ficaje, gli albicocchi, gli anemoni, i persici, i susini, i ciriegi , i peri, i pomi, i noci, i castagni. Ma le piante che in maravigliosa quantità si veggono dappertutto coltivate con assiduità e cura speziale sono il *gelso* e la *vite*. E guai a Trento, e guai a tutto il Trentino se qualche disgrazia avesse a colpire o queste piante o il loro prodotto!

Lo straniero, il quale cogli occhi proprj ha veduto essere vero tutto quello che noi gli dicemmo delle vicinanze di Trento, potrà, tornato alla patria, fare persuasi i suoi, che male istruiti o mentitori furono tutti coloro i quali ne scrissero altramente, ed aggiungere anco non doversi, da chi puote soffermarsi in Trento, trascurare di uscirne fuora a conoscere i suoi dintorni. E scriviamo questo, perchè un giusto amore di patria ne lo suggerisce. La nostra città, il nostro paese si conoscono male per le menzogne che ne furono scritte. E volle sventura che un libro, nel quale non si dovevano leggere che pure verità e sante dottrine, portasse in fronte una menzognera descrizione di questa città e di questo paese. Checchè sia, al presente è tutto cangiato in meglio, tranne le località e il dolce clima.

Industria, Commercio e Costumi de' Trentini

Niuno può formare giudizj intorno alla condizione di un popolo senza fare confronto tra lo stato in cui era qualche tempo addietro, e quello nel quale trovasi quando si vuole o si dee giudicare. Io mi veggo in debito, avendo a parlare de' Trentini, di fare paga la curiosità de' leggitori, ponendo loro sott'occhio il vero, acciocchè possano fare per sè le loro conclusioni. I saggi si ridono de' panegirici, e ne restano disgustati. Ei vogliono sapere tutto, o vi proclamano adulatore. Sono risoluto di adempiere il mio dovere, ma, confesso il vero, nol fo senza timore. Mandai fuori l'anno scorso una mia commediola dettata nel patrio dialetto, e per bocca di una vecchia donna e di altri interlocutori, esposi lo stato in cui trovavasi quarant'anni addietro la Naunia, ch'è la valle in cui nacqui, a fine di far conoscere a' miei quello che di utile è stato fatto dappoi, e quello che resta a farsi pel comun bene. La maggiore e più sana parte de' Nauni gustò la commedia, e la intese come va intesa; ma alcuni, che non seppero, o piuttosto non vollero conoscere a qual utile scopo mirasse quello scritto, dissero che ho screditati i nostri buoni vecchi, e che sono un poco di buono, uno scandaloso, e si abbassarono fino alla viltà di fare scrivere (così dicono, io non le ho lette) contro di me pasquinate. Il mio onore non può ricevere macchia dai pasquini! Perciò risi, e rido, perdonai, e perdono. Ma duolmi di aver dovuto restare persuaso che a questo mondo s'incontrano più pericoli da chi fa bene che da chi sa con audacia impedirlo e fare il male. Potrebbe per avventura essere anche in Trento qualcuno che prendesse a spregio e ad onta ciò che sono per dire de' trapassati e dei viventi, benchè sia verità, e questo spiacerebbemi grandemente, perciocchè forse non avrei più forza abbastanza da poter ridere. Eccovi qual è, e d' onde nasce il mio timore. Se non che mi affida la umanità ed il buon senso de' Trentini, i quali al certo conoscono che non tra noi solamente, ma in tutta Europa avveravasi quello che esporre io debbo intorno la maniera di vivere de' nostri vecchi.

Per quasi intero il passato secolo godettero gli avi nostri di una tranquillissima pace. Il Vescovo Principe viveva delle rendite vescovili derivanti da fondi a ciò destinati, e i pochissimi ufficiali dello Stato e della Curia erano premiati colle tasse imposte dalla legge a chi aveva bisogno del loro ministero. Per ciò non si esigeva che una tenue steura in forza della Lega del 1511 stretta colla Contea del Tirolo, come contributo alla comune difesa, e qualche dazio insignificante. Poco spendevasi in fabbriche ed in abbellimenti, pochissimo in lusso, quasi niente in viaggi, se dir non vogliamo viaggi lo andare de' giovinotti alle università di Padova, di Pavia, di Bologna, di Salisburgo o di Vienna, per ritornare dottori. Vivevasi in generale frugalmente, e i più, divise molto essendo le terre, potevano dire con quel buon vecchio nel Tasso:

> Il mio vigneto e 'l campo mio *dispensa*
> *Cibi non compri alla mia parca mensa.*

Per ciò si tirava innanzi in una beata indolenza, solo ponendo attenzione che fossero coltivate le viti, perchè, il detto de' vecchi: *Non possumus vivere nisi de vino*, aveva fatto persuasi i possidenti che poco più si potesse fare. La mercatura languiva, ed era quasi in discredito. Quindi pochissimi erano i trafficanti, anche perchè gli abitatori delle valli erano contenti al poco, non avendo mezzi di provvedersi del molto. Il guadagno che si trae dalla filatura della seta lasciavasi quasi tutto agl'industriosi Roveretani. Il civico magistrato, dirollo io? pagava un' annua somma a quel beccajo che si obbligava di somministrare tutto l'anno carni a chi col denaro in mano ne domandasse!

La gente agiata, per non sapere che fare, leggeva nel *Ristretto de' Foglietti universali*, che mandava fuori lo stampatore vescovile, ciò che si credeva bene di far sapere al pubblico intorno alle guerre degli Americani cogl'Inglesi, e dei Turchi cogli Austriaci; faceva d'inverno allegre *cene*, e di carnevale chiassose *mascherate*; deliziavasi la estate al *giuoco del pallone*, e udiva l'*opera al teatro Osele*, piccolo e malcomodo; dava il suo nome a confraternite di devoti; interveniva alle processioni; e poi divertivasi facendo ai compagni di quelle beffe che si leggono in molte scipite novelle de' nostri classici in punto di lingua.

I figliuoli de' benestanti andavano a scuola; ma a scuola di maestri che mal conoscevano e parlavano la lingua italiana; perchè, non so per quale fatale combinazione, la più parte di loro erano Gesuiti bavaresi, e de' meno abili, chè i buoni si tenevano là fuori. Interrogato uno di essi dal vescovo Sizzo qual ufizio gli fosse addossato? il pover uomo rispose: *Son fenuto per tradire la filosofia!* Per ciò l'insegnamento di que' Padri, che per tutto altrove era l'ottimo, qui era tale che la gioventù imparava poco ed annojavasi molto. Quindi, non conoscendo nè pure per nome gli scrittori italiani che avrebbero potuto invogliarli a studiare, molti bravi giovani si davano all'ozio.

Conseguenza di un tal genere di vita e di occupazioni de' ricchi era, che gli artisti in città trovavansi in piccol numero e poco valenti, e che molti poveri non avendo travaglio, passavano il tempo dormigliosi nell'ozio per impoverire ancora più, e dovere poi, mendicando, assediare le porte del castello vescovile, dei conventi e delle case dei doviziosi.

Non facciamo parola della nettezza, nè delle provvidenze di polizia onde procurare la sanità negli abitanti; chè dovremmo dire cose le quali non sarebbero credute da nessuno, fuorchè da quelli che ne fecero a noi tali descrizioni da dover restarne maravigliati.

Le guerre fattesi negli ultimi anni del passato secolo, e ne' primi del corrente, la venuta de' Francesi, i cangiamenti del Governo di vescovile in austriaco, poi in bavarese, indi in italiano, e finalmente in austriaco ancora, mutarono faccia alla città e a tutto il paese, e ne trasformarono, per cosi dire, gli abitanti. Si dovette dare mano a coltivar meglio i terreni e a dissodarne di nuovi; si fecero arginazioni a' fiumi ed ai torrenti per assicurare le campagne; si resero più brevi e più praticabili le strade; si asciugarono paludi; si cercò di accrescere con nuove piantagioni il prodotto del vino e della seta; i cittadini e gli abitatori de' borghi si diedero al mercanteggiare, e molti di essi arricchirono con utile generale; crebbe il numero degli studenti, e non pochi ottennero posti militari, civili, politici, onorevoli e lucrosi. Con tutto questo si eccitò l'emulazione, animossi la gente al travaglio, l'oziosità divenne, come tra uomini cristiani avrebbe dovuto essere sempre, macchia di disonore che pochi vogliono portare, si vide e vedesi gran movimento, grande attività, in ogni condizion di persone, e fin nei nobili, che, per compensarsi de' perduti vantaggi, se ne procurano saggiamente degli altri giustissimi, specialmente con lodevole gara nel dedicarsi di proposito alla coltura delle campagne, il che non può dirsi quanta utilità apporti al paese.

Vedemmo infatti nei nostri viaggi che la coltura de' terreni non solo non è trascurata, ma progredisce in bene continuamente. Il commercio attivo che si fa di *seta* e di *vino* produce ai possidenti somme ragguardevoli di oro. I negozianti di Trento non solo hanno accresciuto il numero delle *Filande*, ma comprano seta filata nelle prossime valli, e ne fanno vendita con profitto a Vienna, a Bergamo, a Milano, a Lione, a Zurigo ed a Londra. I possessori di vigne, oltre il consumo grande che fassene in città per gli albergatori, e tavernieri, vendono caro il proprio vino ai nostri montanari, ed ai Tedeschi, che tutti trincano più che in passato.

Sono in città ancora poche fabbriche, perchè vi è ancora chi, amante del *vecchiume*, dà sempre addosso agl'intraprendenti, ma non ne siamo privi. Non intendiamo per fabbriche il lavorare *pelli*, il far *candele, stoviglie, cordami, tele, cappelli, casserole, pajuoli, anelli, collane, tabacchiere, calici, croci* di metallo anche prezioso, chè gente occupata in questi lavori ce n'è molta. Il sig. Chiapani ha una *Fonderia di campane*. Vidi e Bormioli hanno fabbriche di *Vetri e Cristalli*. I signori Testori e Colombari, e i bar. Bertolini fanno fabbricare e spediscono *carta*. Evvi pure una fabbrica di birra buona quanto la bavarese. Fanno lavorare seta ne' loro *Filatoj*, oltre il signor de Ciani e il conte Bortolazzi, anche i signori Slop e baroni Salvadori, Fronza, Pedrotti, ec., e Mazzurana, vendono in paese e mandano per commissione all'estero, fabbricate dalla loro gente, i primi *Paste* di varie forme, e l'ultimo *belle confetture*. Il signor Cristellotti, mediante un'ingegnosa macchina di gran costo, sa fare *Acquavite e Spiriti* in grande quantità, e dare al liquore quel grado di forza che più si desidera. Molte persone tiene occupata la *Raffineria dello zucchero*, che vendesi nel paese e in Germania; e molte la preparazione della *Fojarola*, che, i mercanti spediscono sotto il nome di *Erba Sommaco*. Altri lavorano l'autunno e l'inverno a fare salami ed altre qualità di carni insaccate, del qual genere d'industria si fa smercio grande in Germania e fino in Polonia. Per ciò si allevano in tutto il Trentino con utile notabile molti majali.

Se dobbiam credere a Pirro Pincio, scrittore di Annali trentini, ci fu tempo in cui li Nauni, abitatori della valle che dicesi *Non*, somministravano a Trento il grano occorrevole. Ciò avveniva perchè da una parte i Nauni erano allora in minor numero, e non coltivavano gelsi, nè viti a pergola, ma solo a filari, e vivevano frugalissimamente; dall'altra i cittadini, che pur erano in generale frugali, per la difficoltà delle strade, e per mancanza di concorrenti, non trovavano essere di vantaggio avere magazzini di grano comperato altrove. Negli anni di carestia era poi tutto in disperazione. Al presente gli abitanti delle valli, e i Nauni stessi, vengono in Trento a caricare molte migliaja di moggi di grano presso mercanti stabili in città, che ne fanno compera nel Regno Lombardo-Veneto, e che vi guadagnano somme notabili.

Il lino e il canape che si coltiva nelle valli non bastano a' bisogni dei Valligiani, che vogliono indossare netta biancheria; per ciò evvi in Trento chi vende molta *canevella* comperata nel Bolognese, e lino scardassato che viene dal Bresciano e dalle valli tedesche.

Il lusso nel vestire che domina in tutto il Trentino, a differenza de' tempi andati, fece sì che anche il numero de' negozianti in questo, genere si accrebbe in città notabilmente. E per simil modo, poichè la gente che lavora vuole mangiar meglio che non facevano in generale i nostri nonni, si aumentò pure maravigliosamente la classe de' venditori di commestibili d'ogni maniera.

La regia *Dogana*, che frutta al Governo migliaia di talleri per li diritti che percepisce sulle merci provenienti in giù da Bolzano, e in su da Bassano e da Verona, offre a Trento i vantaggi che apportano dovunque cotali istituti.

L'affluenza degli studenti, che qui debbono soggiornare dieci mesi dell'anno co' loro maestri, specialmente dopochè molti padri vennero dalle valli a domiciliarsi in città colle loro famiglie, mossi dal desiderio di sorvegliare i figliuoli, porta a Trento, e diffonde in tutte le classi, molto denaro.

Non resta però tutto ai cittadini il profitto ch'ei ritraggono dai detti rami d'industria e di commercio. Questo è chiaro per sè; ma pure al forestiere importa di conoscere quali sieno i loro bisogni e i varj rami di uscita, e noi dobbiamo anche di ciò farlo istruito. Somme notabili si portano via i tributi. Dalle trentine vallate e dalle tedesche riceve la città le carni, il burro, il formaggio, i legumi, il legname da viti e da fabbrica, il carbone e le legne da fuoco. L'Adige dà poco pesce, e per ciò il si dee comperare da chi ne pesca ne' laghi e fiumicelli delle valli, nel lago di Garda e nell'Adriatico. Si debbe anche far compera di molto frumento, di riso, di olio, di secco pesce, di coloniali, di panni, di stoffe, di tele, e di molte superfluità rese necessarie dal lusso e dalla moda.

In punto di lusso è da notarsi che una circostanza locale permette ai doviziosi di largheggiare in mobiglie, in vestiti ed in divertimenti. La ristrettezza del luogo non offre comodità di far uso di carrozze. Il così detto Corso è per Trento la Via Regia, e pochi amano di esporre sè ed altri agl'insulti del fango e della polvere. Per ciò, limitandosi a fare moto ed inspirare aria libera, passeggiando in compagnia amica, nelle vicinanze della città, hanno i ricchi un risparmio che supplisce alle spese di altri comodi più desiderati. Prima delle ultime lunghe guerre vedevansi qui molti equipaggi; ma quando si sperimentò che i cavalli dovevano servire il militare, si sono dismessi, ed ora anche il ricco è persuaso che si può vivere bene anche avendo in casa un uomo e due bestie di meno. Ci sono però alcuni che, e per comodo e per decoro, hanno una e due coppie di cavalli, e carrozze di lusso.

Ed eccoci giunti al punto di dover dire della maniera di vivere e delle costumanze de' Tridentini. Prima però è uopo che lo straniero conosca l'indole de' varj ordini di cittadini. Molte sono le famiglie distinte o per nobiltà o per opulenza, e di quelle che godono ambi questi vantaggi il numero non è scarso. La *Nobiltà* è in Trento e nel Trentino o trentina, o tirolese, od imperiale. Nobili trentini sono i patrizj di Trento, e quelli che nobilitati furono dai Vescovi Sovrani, e specialmente i loro feudatarj. Patrizie e consolari erano le famiglie che potevano avere parte al governo della città con esclusione delle altre. Son nobili tirolesi quelli che ottennero d'essere ascritti alla così detta matricola tirolese, che è quanto dire al ruolo de' nobili della Contea del Tirolo, già quando il Trentino formava uno Stato da quella distinto, o quando strinse con essa alleanza.

Imperiali sono detti que' nobili che ebbero diplomi da qualche Imperatore di Germania. Tutte queste specie di nobiltà apportavano utili esenzioni e reali vantaggi, segnatamente l'ultima, la quale, scorso un dato periodo di tempo, abilitava alle dignità ecclesiastiche anche di là fuora *in illo tempore* ai soli nobili riservate. Quindi non è meraviglia se molti del Trentino la ambirono, e fecero insegnare a' loro figliuoli la lingua tedesca, e cercarono di fare parentela con nobili famiglie tedesche. Un inconveniente è però nato, che dover nostro è di fare allo straniero conoscere; e questo è, che nello spedire i diplomi di nobiltà sonosi alterati i nomi delle famiglie, e fatti tedeschi quelli de' luoghi donde si presero i predicati; per le quali metamorfosi è avvenuto che antichissimi casati si credettero assai recenti, e si tennero e tengono per tedeschi, benchè sieno d'origine italiana. Per esempio, i Gloes, gli Artz, i Khoreth, i Thunn, sono gli antichi nobili feudatarj trentini che sempre si scrissero Clesio, Arsio, Coredo, Tono. Gli ultimi rivolgimenti politici lasciarono, a chi l'aveva, la nobiltà, ma le tolsero qui, come in altri luoghi, quasi tutti i privilegi, fuori quello di essere onorata in coloro che sanno vivere nobilmente; e di questi ce ne sono adesso forse più che in altri tempi, ne' quali a non pochi il nome solo bastava.

Il *Clero* a questi giorni è pressochè tutto di condizione non nobile; e perchè i soli mezzi onde ottenere qualche posto sono la scienza e la buona vita, per ciò esso è in generale bene costumato e colto, colto in guisa che i dottorelli, i quali osano sprezzarlo, impararono da esso, direi quasi, tutto il buono che ancora non hanno dimenticato. Se in città si veggono molti ecclesiastici, questo è perchè qui sono i professori e i candidati in teologia di tutta la vasta e popolosa diocesi, e perchè i maestri del Liceo, del Ginnasio, delle Scuole elementari, e i privati educatori sono in massima parte ecclesiastici. Preti che non abbiano ufizio di cura d'anime, od altro utile impiego, ce ne sono pochissimi.

Il *terzo stato*, composto come altrove di agiati cittadini, mercanti ad artisti, conta buon numero di onorate famiglie e doviziose. Scorgesi tra questi molta attività, e la gara che gli anima è passione di emuli e non di rivali. Vivono in concordia non solo col Clero, che amano e rispettano, ma ben anche coll'alta nobiltà che onorano, perchè questa, generalmente parlando, è, come già notammo, umana e cortese, e non ha la boria e le pretensioni che attirano a questo corpo l'odio e il disprezzo delle altre classi di cittadini, in qualche paese meno felice del nostro.

Abbiamo artisti, o, come altri dicono, *Artigiani* d' ogni maniera, e tra questi alcuni assai valenti. E se i giovani si persuaderanno che per sapere bene un'arte, o un mestiere, ci vuole tempo molto, e molta assiduità e diligenza nel lavoro, e che ognuno si vale più volentieri di un artista morigerato che ha qualche fiorino tra le mani, che di un discolo sul quale non si può fare conto, e che non può lavorare se non è pagato innanzi tempo, Trento, abbondando il paese di belli genj, potrà in breve gloriarsi de' suoi artigiani. Ma bisognerebbe che i ricchi, a fine di dare incoraggiamento sì alle arti che alla mercatura, da cui trarrebbono utilità eglino primi, comperassero i materiali dai nostri mercadanti, e li dessero a lavorare ai nostri artisti. Ma non è si bello, nè si ben fatto, nè tanto lodato! Ora no, ma presto sì. Abbiamo eccellenti fabbri, chiavaj, legnajuoli, ec., ec., perchè la moda non è ancora introdotta di comperare i catenacci, i saliscendi, le seggiole e i tavolini dagli esteri.

Alle *belle arti* si dedicano pochi, perchè lo studio è lungo ed il paese non potrebbe dare occupazione e premio bastante ad uomini distinti. Qualche giovine, che vi è portato dal genio, cerca di fare fortuna in città più popolose e più ricche; parleremo di alcuni valenti in altro luogo.

Essendovi, come si disse, in Trento ed anche nella vicina Rovereto, artigiani eccellenti, l'interno delle case, non solo de' signori, ma di tutti i non poveri, è provveduto di mobili eleganti da non invidiarne alcun' altra città. Anzi pare ad alcuni che in questo, come in più altri comodi, i meno agiati pecchino per troppo lusso; di che fa lagnanze l'egregio ab. Turatti ne' suoi belli opuscoli: *El mondo dal cul en su*, e: *El mondo en maschera*; da lui dettati con felicità e scorrevolezza di verso in dialetto roveretano.

Amasi anche in Trento di mangiar bene, e vi si alternano vivande preparate all'italiana, alla francese e alla tedesca; il che potrebbe far credere a qualche rigorista, essere i Tridentini poco meno che Sibariti. Ma la ghiottornia sta, secondo il parer nostro, nella eccessiva spesa e nell'intemperanza, e non nella cucina. Pochi fanno uso immoderato di vino e di liquori; il che avviene o perchè si vuole essere uomo sempre, o perchè il vino non è caro abbastanza, o perchè ognuno vi è assuefatto. Bevesi invece da poco in qua molta birra, e perchè piace, e perchè si sperimentò, essere questa bevanda meno pericolosa in ogni senso che il vino.

Passione dominante negli uomini, quasi non meno che nelle donne, si è quella di mostrarsi in pubblico bene vestiti, tutto al contrario di ciò che credette di avere osservato il Mercey, o cortoveggente, o distratto nell'inventare aneddoti e novelle da fare attenti gli scimuniti. Per le vie della città e al passeggio pubblico s'incontrano, in ispecie ne' dì festivi, gruppi di gente d'ogni condizione elegantemente abbigliata; e fino i villani e le villanelle vengono alla città in abito pulito e di buon gusto. Se ciò sia lodevole in tutti io nol so; il sentenziare tocca ai mercanti.

La gente in Trento e nelle sue vicinanze è robusta e ben fatta. Si veggono giovinotti e ragazze di tutta bellezza ed avvenenza. E quanto al tratto diamo lode al sig. Mercey, che questa volta ha detta una verità, affermando che dalla sveltezza, dal brio, dai penetranti sguardi, e dal pronto parlare di questa popolazione scorgesi tosto che veramente il Trentino è paese italiano. Anche Lewald notò nel portamento e nel tratto de' nostri giovani questa caratteristica, e per miracolo non la biasimò.

Italiani sono anche i giuochi e divertimenti prediletti de' Trentini. Si giuoca a *tibusco.*, a *tressetti*, alla *mora* e alle *bocce* di legno nelle taverne; alla *palla* e al *pallone* su le piazze; si cantano per le vie *arie di teatro*; si fanno *serenate* in occasione di avventurosi avvenimenti; si recitano *sonetti* e *canzoni* ai pranzi, alle cene, alle feste di nozze; si frequentano, rarissime volte dalle donne, ma spesso, e forse anche troppo, dagli uomini, le *botteghe da caffè*. E in questo sono meritevoli di lode alcuni de' nostri giovani, i quali, evitando i luoghi del parlare scorretto e della maldicenza, preferiscono di giuocare al *bigliardo* in case private, di fare *accademie* di suono e di canto, di recitare *commedie*, di frequentare il *Casino di lettura*, e di trovarsi in conversazione, non colla Signora, ma *colle Signore* colte e virtuose.

Una *mascherata* che fanno i contadini, cui si associano anche artigiani, diverte in carnovale que' Trentini che sono amanti di tutto ciò ch'è nazionale ed antico, e questa mascherata è antichissima. Gli uni vestono abiti da villano e fannosi parrucche di canapa; gli altri hanno un vestito militare simile affatto a quello degli antichi lanzichenecchi. Questi chiamansi *Ciusi* e quelli *Gobbi*. Hanno ambi i partiti un capo che dicono *Re*. Tutti, e segnatamente i *Ciusi*, portano sul volto maschere con brutti ceffi. Un uomo vestito da donna, che appellano la *Strossera*, vuol fare in piazza *Polenta* per li suoi *Gobbi*. Questi le sono attorno in largo cerchio per difenderla dai *Ciusi*, i quali, colla mira di rapire il *Pajuolo*, tentano di entrare nel cerchio. A tal fine sfidano essi or l'uno ed ora l'altro de' vigilanti *Gobbi* alla prova di forza collo sporgere le mani per fare catena colle braccia dell'avversario, il quale, accettando, sporge le sue, ed ambi le tengono bene strette intrecciando quanto più possono forte ognuno le proprie dita. Allora molti *Ciusi* ajutano il loro compagno, abbracciando uno lui, un secondo quest'uno, un terzo questo secondo, e così di seguito in lunga fila l'un l'altro in mezzo alla vita. I *Gobbi*, che si tengono uniti, acciocchè non sia rotto da nessuna parte il cerchio, con cinghie di pelle o con matasse di filo ben forti, soccorrono il sozio per contrabbilanciare o vincere la forza unita de' *Ciusi*. Si tira di qua, si sforza di là, mani e braccia e torace dei due antagonisti sono tra due contrarie potenze, l'uno si ostina, l'altro non cede, si suda, si grida, si urla, e il primo che sentesi mancare nelle mani la forza è il perditore. Si rinnovano gli attacchi e le difese allo stesso modo, e il *Pajuolo*, o preso o salvato, è la fine del giuoco. Questo giuoco è pericoloso, ma non può dirsi una sciocchezza. Esso ricorda un'epoca gloriosa del valore Trentino. Li *Ciusi* sono soldati del ferocissimo Ezzelino da Romano che vogliono saccheggiare le case de' Trentini, e i *Gobbi* sono villici de' dintorni che pugnano *pro aris et focis*, cioè, che difendono la città e le proprie abitazioni. Dicemmo più sopra che i Tridentini costrinsero Ezzelino a cessare qui la sua tirannide e a prendere la fuga.

A teatro vanno volontieri quasi tutti gli abitanti di questa città; ed è segno del buon criterio e dell'incivilimento delle classi inferiori, che, quando abili artisti rappresentano buone commedie, il popolo vi concorre frequente, vi sta attentissimo, e sa il giorno susseguente fare sue riflessioni intorno al frutto morale che si dee cogliere dalla rappresentazione. Se alle produzioni spettacolose e poco istruttive ci è folla, questo interviene parte perchè si ama di veder gente e d'essere tra la gente, e parte perchè vuole divertimento anche la tenera gioventù, e chi come questa, per non avere mai adoperata l'anima sua, è mal disposto ad attendere ed intendere! Le persone di condizione superiore amano, e non so dirvi per qual principio, assai più l'opera, e disputano tra loro con molto calore, gli uni dannando e gli altri difendendo il dramma, la musica, l'orchestra e i cantanti; dei quali sanno le genealogie e le avventure a memoria quanto quelle de' loro antenati. E talvolta succede che si monta in collera davvero, e sorgono inimicizie. Non si fanno però nè disfide nè scommesse, e le inimicizie durano fino al subentrare del nuovo spartito e non più.

Il forestiere leggendo questo domanderà: *Come si sta di coltura?* Io rispondo: Le scuole sono frequentatissime: se non ancora è riaperta, per ostacoli al tutto estrinseci alla cittadinanza, la pubblica biblioteca, hanno però librerie alcuni privati: i libraj vanno vendendo libretti di divozione, classici italiani, romanzi istorici, ed anche opere scientifiche; ci è un casino di lettura, dove si trovano giornali d'ogni maniera e in ogni idioma più conosciuto: molti de' nostri giovani intendono e scrivono bene la nostra lingua. Ci è chi legge opere francesi; ci è chi suda per intendere le tedesche; e poi, perchè ognuno loda quella nazione della quale conosce meglio la lingua e gli scrittori, si disputa della preminenza dovuta a questa od a quella; e tutti hanno ragione perchè ciascuno parla di quello che sa e non di quello che ignora, e dando lode agli altri loda sè stesso.

Ma lasciando lo scherzo, che in materia si grave potria a buon diritto essere biasimato ancorchè non sia tutto scherzo, possiamo e dobbiam dire sul serio, che Trento e il Trentino conta a questi dì molti uomini dotti, i quali mostrarono di sapere molto innanzi, pubblicando scritti cari alla repubblica letteraria, e che non pochi ci sono tra noi, i quali, appunto perchè non consumarono il tempo a scrivere per il pubblico, ne sanno forse più di quelli che si fecero conoscere come autori. Buon numero di nostri concittadini ebbero, sotto i Governi bavaro ed italiano, ed hanno pur ora sotto l'austriaco, onorifici e difficili ufizj, e sono ben pochi quelli di cui si possa affermare in verità ch'ei non sanno adempiere i loro doveri.

La lettura di qualche libro inglese, o francese, o tedesco, in cui, mal conoscendosi dall'autore la Cattolica Religione e la sana filosofia, sono proposte nuove dottrine, o riprodotti errori antichi, stravolse la mente di qualcuno che mai non fece studio regolare e continuato. I più, tenendosi fermi ai principi del Cristianesimo conformi appieno a quelli della ragione e tradizione universale, progredirono molto, perchè non dovettero mai dare addietro, in ogni genere di coltura; e distinguendo il diritto dal fatto, il dogma dall'opinione, l'essenziale dall'accidentale, l'eterno dal passaggero, l'opera e il volere di Dio dai sistemi e capricci degli uomini, seppero stare saldi, mentre in più luoghi si delirava, nel retto pensare e nel saggio operare. Per ciò la nostra gente, che ha buon senso, ammaestrata da questi valentuomini, mostra riservatezza prudente nell'esternare le proprie opinioni intorno a ciò che non tutti intendono allo stesso modo, studio operoso di trattar bene i proprj affari per renderne comoda e onorata la famiglia, studio animato forse in alcuni da un pocolino d'invidia, che diremo temenza di essere da meno di altri, moderazione in tutte le cose, accompagnata da timidezza di arrischiare, rispetto ed amore per la Religione e per coloro che ne praticano con intima persuasione, e non affettatamente, i doveri e i consigli. Questo, chi bene osserva e considera, è quello che forma il costume generale, o, come dicono, il carattere degli odierni abitanti di Trento e del Trentino.

Rimproverano gli uni agli altri i cittadini di essere sempre o renitenti o discordi quando trattasi di contribuire a qualche opera da farsi per utile od onore della patria. Ma questi medesimi rimproveri mostrano che si conosce il bene e si vorrebbe. Noi vedemmo in fatti che ogniqualvolta qualcheduno si accinse coraggioso ad un'opera e la trasse a compimento, chiamati a prendere parte all'utile, all'onore, al divertimento, i più furono presti a metter mano alla borsa e a versarne ragguardevoli somme. Ci è ancora il *vetus fermentum*, che noi diciamo *vecchiume*, quel volere e non volere; quel timore di spendere troppo e senza bisogno, di fare o spendere per altri, quella ripugnanza per ciò che è nuovo, derivante da paura di allontanarsi troppo dall'antico, l'abitudine all'indolenza, il sospetto di vedersi non curato, le massime della sociabilità e della fratellanza non ancora bene conosciute e depurate dagli antichi pregiudizj. Siamo però arrivati a tal punto che fa molto sperare. Già l'abbiam detto: si lascia fare, e si vuol criticare; ma poi si paga, per non restare escluso, come avaro ed insociale, dall'onore e dal divertimento.

Per ciò che spetta ai costumi propriamente detti, cioè alla moralità e religiosità della gente, evvi gran disputa se noi abbiamo deteriorato o se noi siamo divenuti migliori. Ci è chi sostiene che miglioriammo notabilmente; ma taluni, i quali credonsi in dovere di essere *laudatores temporis actis*, dicono incessantemente che i nostri vecchi erano più morigerati, più buoni di noi, corrotti dal secolo guasto per li suoi rivolgimenti; e se ei sanno di latino vi ripetono le cento mila volte i versi di Orazio:

> Damnosa quid non imminuit dies?
> Ætas parentum pejor avis tulit
> Nos nequiores, mox daturos
> Progeniem vitiosorem.

Importa molto di sapere chi si abbia il torto e chi la ragione. Un breve dialogo tra un lodatore del passato e un lodatore del presente, che io udiva farsi testè, potrà forse piacere e dare qualche dilucidazione.

Lod. del pass. O tempora, o mores! Una volta fra noi si aveva fede, avevasi religione; sussistevano parecchie confraternite di devoti, fin quella de' Battuti, che buone anime! per dar esempio di penitenza flagellavansi in pubblico. Adesso pochi credono, pochi praticano i doveri di pietà; la miscredenza e il disprezzo del culto sono giunti al colmo. *Mutatus, mutatus est color optimus!*

Lod. del pres. Se al presente ci sono dei miscredenti, o piuttosto dubitanti in punto di fede, e sprezzatori delle pratiche religiose, la colpa devesi in parte attribuire ai vostri buoni vecchi. Ei credevano che gli astrologi e i zingari conoscono l'avvenire, e i maghi e le streghe possono a loro piacere disporre della potenza del diavolo, colla stessa fermezza con cui davano assenso alle più chiare verità; prestavano fede a scipitissime leggende in cui si narrano impossibili avvenimenti non meno, e forse più, che alle istorie avveratissime. Si giunse a conoscere che tutto questo era irragionevole, e, volendo scuotere il giogo de' pregiudizi, come pur si doveva, qualcuno, senza accorgimento, andò troppo innanzi, e mise in dubbio verità sacrosante e dimostrate. Si è veduto che molti di quelli i quali erano deditissimi a certe pratiche divote, consumavano parte della contribuzione dei confratelli in cene e tripudj! e menavano vita scandalosa, e con poco giudizio si conchiuse che le pratiche esterne di religione servono di manto all'ipocrisia, e a far credere che per essere buoni basta essere divoti. Ma la più parte della gente conosce adesso che male istruiti e mal divoti erano molti de' nostri vecchi, e sa benissimo che gl'increduli sprezzatori andarono fuori di via, verificandosi di loro che:

> *Dum vitant stulti vitia in contraria corrunt.*

Del resto in punto di religiosità debbo dirvene una che farà arrossire voi e tutti i panegiristi del passato. Trenta o quaranta anni fa era poca in Trento la frequenza de' Sacramenti, e ne' giorni di domenica e di festa, chi visitava, dopo il mezzodì, le chiese della città, non trovava in tutte, oltre i sacerdoti, cinquecento persone! Questi sono fatti. Cacciate la paura dell'umido, del caldo e del freddo, e andate nelle chiese; vi troverete sempre gente che prega, che si confessa, che fa la Comunione; e ne' giorni festivi le vedrete la mattina, e dopo il mezzodì, tutte piene di gente d'ogni condizione che ascolta la parola di Dio, che canta le sue lodi, che medita, che fa orazione. Anche questi sono fatti.

Lod. del pass. Bene, bene, ma intanto a questi luttuosissimi tempi ognuno presumendo di sapere molto, cura poco i sacerdoti, e manca del rispetto debito alle autorità, e questo è un grave disordine che in passato non ci era.

Lod. del pres. I vostri vecchi facevano scappellate e baciavano la mano a preti e frati, non sempre tutti degni di tal onore, e veneravano, per abitudine o per viltà, i Prepotenti. Come si stesse d'interna stima io non ve 'l domando. Dicovi solo che al presente si conoscono meglio i diritti e gli obblighi propri e d'altrui. I nobili, i preti, i frati sanno stare ne' loro limiti e meritarsi la stima della gente. La gente onora il nobile che vive nobilmente, e cura poco e compassiona lo stupido, ozioso e superbo degenerante; rispetta gli ecclesiastici colti ed esemplari, ma per gli ignoranti, avari, boriosi non sa mostrare di aver riverenza, se non se quanta si conviene al carattere. Gli uomini in autorità costituiti si ubbidiscono e si amano se ei sono addottrinati, giusti ed umani; si hanno in dispregio, e colla legge alla mano si fa loro resistenza se ei sono privi di sapere, inurbani od ingiusti. Si sa da ognuno che il sovrano li paga coi nostri denari acciocchè facciano a noi quel bene ch'ei vuole che ne sia fatto.

Lod. del pass. Aspettate un poco, e vedrete dove con codeste massime arriveremo. La gioventù indisciplinata, che non sa fare tante distinzioni, diventa indocile ogni dì più, si fa prosontuosa, scuoterà ogni giogo...

Lod. del pres. A molti uomini attempati, si quali confessavano, forse per gloriarsene, che ai loro tempi si studiava poco, e facevasi molto all'amore, ho udito dire che i nostri giovani sono più amanti dell'imparare e più morigerati di quello che fossero essi e i loro compagni, de' quali raccontavano le bravure! La nostra gioventù , se eccettuate qualche scapestrato, è in generale docile e laboriosa, si lascia guidare dai principi dell'onore e conosce e rispetta la santa Religione. S'ei sono astretti ad imparare strani sistemi, se qualcuno gli opprime colla moltiplicità degli oggetti, se vi è chi li tiene troppo lungamente occupati in pratiche di pietà non necessarie, la loro vivacità, il loro buon senso, i documenti degli uomini più discreti li preserveranno dalle conseguenze, ch'essere potrebbono funeste, di uno zelo bensì lodevole ma non bene impiegato. Vedesi in fatti che i nostri adolescenti, resi più accorti e più saggi dall'avere preso per principi e per regola i dettati della ragione e tradizione universale, unica, vera ed immutabile filosofia, ridono di certe gravi puerilità e si attengono al sodo e all'essenziale in ogni cosa.

Lod. del pass. Voi fate bei quadri, ma non sono che quadri. Pare che non sappiate, essere adesso i costumi sì nel contado che nella città rilassati oltremodo, anzi corrottissimi. Si è mai veduto ne' tempi andati un lusso così smodato in ogni cosa, un gozzovigliare così continuo come a questi dì? Si udirono mai tanti scandali di ragazze sedotte, e di giovanotti ammalati di quel morbo ch'è vergogna il nominare? Non è il paese infestato da truffatori e da ladri? Non si conducono di spesso alle carceri malfattori?

Lod. del pres. In nome di Dio! Dunque non dite più che gli uffiziali di giustizia non sono vigilanti e severi come conviene; non dite più che le presenti leggi sono fatte in favore dei birbanti, come, facendo offesa alla sapienza del Sovrano, solete andare dicendo. Piano... so già quello che volete dirmi. Vorreste che s'impiccassero tutti i bricconi come si faceva in passato. Dunque bricconi ce n'erano anche allora! O dite che in que' tempi non si andava tanto per minuto, e condannavasi per dare esempio? Bell'elogio ai vostri vecchi. Per intimorire la gente si dannavano fors'anco innocenti! E la gente, per imparare ad esser buona, correva come a piacevole spettacolo al luogo dove si tagliava la testa ad un infelice! Adesso la va meglio per tutti. Si gastigano i veri colpevoli (e nessuno dice che ora siamo impeccabili) e si mettono in libertà quelli che si trovò essere innocenti, e quelli ancora ai quali non si è potuto provare il fallo di cui erano imputati. Questo si chiama fare giustizia. E benedetti sieno i principi che ordinano a questo modo. Chi vuol rigore, e crede sè infallibile, o infallibili i ministri del rigore, è uno stolto! Quando cresce l'attività, il commercio, la popolazione, come avvenne in pochi anni tra noi, cresce l'agiatezza, e sorgon nuovi bisogni. Il bisogno, vero o immaginario, stimola al male, al male solleticano le ricchezze. Tutti i disordini non si torranno dal mondo mai. I vostri vecchi poltroni stavansi contenti alla loro mediocrità, ma sono appunto per ciò più biasimevoli, perchè senza questi incentivi al peccare peccavano allegramente. Io le so io le storielle de' tempi andati. Da una parte miseria, e necessità di avvilirsi in mille modi, sacrificando la coscienza e l'onore. Dall'altra buoni bocconi, buon vino e piacevoli discorsi, di quelli ch'è vergogna il nominare. Poi balli, amori e risse, e anche talvolta accoltellamenti, il che obbligava a contrarre amicizia col bargello, o ad ingannare qualche credulo sacerdote, a fine di comperar col denaro o colla finta compunzione l'impunità. Molto costavano ad alcuni le povere giovani, cui si toglievano i mezzi e la voglia di menare vita onestamente laboriosa. Questo contegno rendeva ladri i figliuoli in famiglia, ed obbligava parecchi padri, a contrarre debiti che non si potevano pagare, ed aggiungevasi agli altri peccati quello di essere ingiusti.

Lod. del pass. Ci fu del disordine, ma non qual è adesso. E poi, allora si aveva più amore fraterno, più sincerità nelle amicizie. Oggigiorno vi si protestano servi devoti, o vi chiamano amico, e mangiano alla vostra tavola, e adulano bembene voi, e vostra moglie, e vostra sorella, e le figlie vostre, e poi vanno difilati al caffè per dire male di voi e di tutta la vostra casa.

Lod. del pres. Credo ancor io che questo sia vizio di molti. Rara cosa è il trovare due che si amino sinceramente da veri amici. Sappiamo però che l'invidia tormentava potentemente non pochi ai quali si recitò il *Non intres in judicium cum servo tuo*; e che molti, *requiescant*, litigavano ostinatamente, e facevano scrivere e stampare ingiurie scandalose, e si odiavano di tutto cuore. Erano al tempo stesso divoti? vestivano abito di confratello?... Tanto peggio! Se essi commiseravano i poveri e li soccorrevano, bene per loro; si può sperare; *Eleemosyna redimit peccatum*. Ma noi gli abbandoniamo nell'indigenza? Voi non ignorate che non solo in Trento, ma in tutto il Trentino si aumentarono, da poco in qua, notabilmente i fondi e le providenze onde sollevare ed assistere in tutti i modi que' miseri che sono tali per povertà. E preghiamo Dio che non sorgano più di quelle anime buone, che per rilassata amministrazione de' pii istituti lasciarono perire o consumarono i fondi e i capitali destinati a sovvenire i poveri e gl'infermi!

Lod. del pass. Oh, in somma, voi avete un po' del fanatico; siete male informato, e pungete come una lancetta da flebotomo. Vi avverto che vi farete odiare. Io per me non voglio con voi piatire più oltre. Veggo che ragionando anche coi fatti alla mano non si guadagna nulla. Tenetela come volete; io dirò sempre: I nostri vecchi erano migliori di noi.

Lod. del pres. Ed io, senza lagnarmi dei titoli che mi date, e ringraziandovi de' buoni avvertimenti, de' quali, finchè starò per la giustizia e sosterrò la buona morale, non avrò alcun bisogno, vi lascerò pensare e dire a modo vostro. Ma, fino che le cose andranno di questo passo, non cesserò dal sostenere che, come in molte altre, cose, così anche nella moralità e religiosità noi abbiam migliorato. O se volete dirò: Noi non siamo per niente più cattivi de' nostri buoni vecchi. E ciò per compiacervi e vivere in pace.

<h3 align="center">Notizie utili allo stranieroin ordine alfabetico disposte.</h3>

Abitanti. Il numero delle persone che hanno domicilio in Trento, secondo lo scematismo stampato nel 1833 per cura del vescovile ordinariato, ascende a 12,166. Al quale numero se aggiungiamo quello degli abitatori dei dintorni, che somma a 9100, abbiamo appartenente a questa città una popolazione di 21,266 anime.

Alberghi I principali sono in città: 1.º La Europa. 2.º La Rosa d'Oro. 3.º Le Due Rose. 4.º Il Sole. 5.º La Croce d'Oro. 6.º Il Leoncino. Fuori di città, ossia fuor delle mura, due nel Borgo di Santa Croce presso Porta Veronese, due vicino a Porta d'Aquileia, e due a Porta di San Martino. In tutti questi alberghi ognuno è trattato bene, secondo la sua condizione, ognuno è sicuro, egli e le cose sue. E diciam questo, appellandoci all'onestà di tutti i viaggiatori che qui pernottarono, a fine di tranquillare coloro che letto avessero il libro di Lewald, il quale, sospettoso, in grado sommo, prestò credenza a calunniosi racconti di qualche straniero che, vedendosi negletto perchè non seppe farsi amare, volle in qualche modo vendicarsi; racconti, i quali, se fossero anche veri, sarebbero a riferirsi ai passati anni di guerra e di fanatismo, e ad ogni modo riguarderebbero persone morte già da lungo tempo.

Altezza di Trento dal livello del mare. Da osservazioni fatte per più anni di seguito dall'accuratissimo nostro ab. Lunelli, professore di fisica, risulta che l'altezza di Trento sopra il livello del mare non oltrepassa 160 metri, ovvero piedi parigini 524, e che per conseguenza errarono coloro che la fecero ascendere a piedi 716 e fino ad 831. *Errore che si conserverà sempre finchè sarà conservato il costume di copiare senza verificare.* Sono parole di Lunelli. Vedi *Osservazioni*.

Artisti. Quattro Vescovi Principi di Trento e Cardinali, un Bernardo Clesio e tre Madruzzi, favorirono di seguito in questa città, con sovrana munificenza, le belle arti. E segnatamente il Clesio e il primo de' Madruzzi, Cristoforo (il Clesio precedette il Concilio, e il Madruzzo reggeva durante quella sacra assemblea), si acquistarono in ciò eterna gloria. Chiamati da questi mecenati, o da altri signori che su la via da quelli tracciata camminavano, operarono qui il Sansovino, il Falconetto, il Serlio, il Sammicheli, il Palladio, ed ebbero accoglienza e lavoro il Brusasorci, il Romanino, il Moretto, i Palma, i Dossi, il Morone, Paolo Veronese, i Bassani, Giulio Romano, Tiziano, ed altri valentissimi, de' quali si veggono qui e lì mirabili opere, chè fortunatamente non tutte perirono o furono guaste. Tanta affluenza di maestri eccellenti fu incitamento e scuola a i parecchi del Trentino, che si acquistarono fama di periti. Meritano menzione tra questi (dopo *Gieronimo da Trento* pittore, e *Antonio Fantucci* incisore, che forse uscirono da anteriore scuola trentina) il miniatore *Annunzio Galuzzi* e la figlia di lui *Fedele*, esimia donna, miniatrice e pittrice; poi *Fra Giovanni da Trento*, il *Dall'Aquila*, i *Vicentini*, i *Cavalli*, i *Caprioli*, i *Cavalieri*. Sommo fu canonizzato da Canova il nostro *Alessandro Vittoria*, scultore ed architetto, di cui molte opere stupende si veggono in Venezia. Il C. Giovanelli dettò di questo valente, gloria di Trento, una erudita biografia, la quale desideriamo di vedere stampata, anche perchè in essa è fatta menzione di molti altri artisti trentini, quali sono, per esempio, i *Dal Pozzo*, gli *Oradini*, lo *Strudel*, i *Rensi*, gli *Unberbergher*, i *Piazza*, i *Pamaroli*, i *Lampi*. L'anno scorso piangemmo la perdita del *Marchesi* dalla valle di Rumo. Viventi artisti nostri sono l'*Insombe*, il *Grafonara*, l'*Udine*, e forse altri che non conosciamo. Speranze buone ci danno i giovani *Bassi* e *Guarinoni* da Trento. E lo Avancini da Levico è già riconosciuto pittor valente.

Benefattori. Udimmo più volte da parecchi esternare il desiderio, che ai molti benefattori di questa città sia data pubblica dimostrazione di gratitudine, a fine anche di animare sempre più questo buono spirito caratteristico de' Trentini. Saria la gran bella e lodevole cosa vedere eretto a que' buoni un bello monumento! Noi parlammo di pie fondazioni, ma non potemmo tutti nominare i benefattori de' tempi antichi; vorremmo fare menzione di alcuni che si mostrarono benefici in questi nostri appellati corrotti; ma sappiamo che un uomo intemerato, per più titoli assai benemerito di Trento, dettò sopra questa materia uno scritto, che a quel che se ne dice dee fra poco essere stampato; e per ciò, senza più, ci congratuliamo coi buoni, che saranno lieti di vedere in tal modo soddisfatte le brame loro da un ottimo.

Bersaglio. Fuori di Porta Bresciana tirasi più volte tra l'anno di palla a bersaglio, che dicono *Tavolazzo*, con schioppi detti *Stutzen*. S'invitano i bersaglieri, ossia tiratori, portando per le vie una bandiera e il tavolazzo, e battendo il tamburo. Questo divertimento ha per fine l'addestrare la gioventù al maneggio dell'armi per difesa della patria.

Birra. In più luoghi, tanto in città che fuori delle porte; se ne beve di buona, fabbricata qui presso piazza di Fiera, o condotta qua da paese tedesco. Vendesi per ordinario a carantani quattordici fino ai diciotto per ogni mossa viennese, e la mossa equivale a due bottiglie di Sciampagna. Vedete *Moneta.*

Caffè. In quasi tutte le vie della città sono aperte, a pian terreno, come nelle altre italiche provincie, dall'apparire dell'alba fino a notte inoltrata, botteghe da caffè. Le principali sono, 1.º presso l'albergo di Europa, 2.º vicino al Duomo, 3.º in piazza delle Erbe, 4.º in contrada Tedesca.

Caserma. Un convento, che fu in antichi tempi abitazione de' frati Alemanni, dai quali i luoghi vicini presero il nome di Fralemano, poi di Frati dell'ordine de' Teatini, e finalmente di Monache Orsoline, è la sola caserma che sia per ora in Trento. Chi avesse vaghezza di vederla, o bisogno di parlare con qualche soldato, s'inoltri da piazza del Duomo per il vicolo che è a sinistra presso i portici su la strada che guida a Santa Maria.

Case di Cambio. Baroni Salvadori, signori de Ciani, Rung, Sembenotti, Bendelli, ec. Dette di *Spedizione*, signori Rung, Rossi, Martini.

Cibi. Si mangia in Trento carne di manzo e di vitello sempre ottima. Il manzo viene in gran parte dalle valli tedesche, specialmente da quella di Pusteria, il vitello dalle trentine. Il castrato è nell'estate, poichè nutrito delle balsamiche erbe sull'alto delle montagne, molto saporito. Il salvatico volatile, zebraone o cedrone, gallina, francolino, beccaccia, pernice, tordo, e il quadrupede, camoscio, lepre, si trova d'una squisitezza, che esser potrebbe tentazione d'intemperanza all'uomo il più moderato. Il pesce dell'Adige piace a molti, ad altri aggrada più quello de' fiumetti suoi tributarj e de' laghi: il salmerino che pescasi in quelli della Naunia è dilicatissimo. A tutte le stagioni si mettono in tavola erbaggi e frutta d'ogni maniera e di gradito sapore. Le frutta nostre ebbero l'onore di piacere perfino al dilicatissimo palato di Lewald! Vedi *Vino.*

Circolo. Quello che in altri luoghi è detto provincia, prefettura, commissariato, ec., qui è detto Circolo. Ad un Circolo è preposto un capitano politico, e per ciò dicesi capitanato l'uffizio o magistrato intero. Il *Circolo di Trento* abbraccia solo una parte del fu Principato trentino, al quale appartenevano anche paesi che ora appartengono ai due Circoli di Rovereto a mezzodì e di Bolgiano a settentrione di Trento. La popolazione di questo circolo ascende al numero di 182,187 anime. Vedi *Diocesi.*

Clima. Chi ha letta la terza parte di questo scritto può essersi fatto persuaso che dolcissimo è il clima di Trento e de' suoi dintorni. Aggiungiamo, a confutazione di tutte le tantafere scritte finora da chi fu mosso da passione od era male informato, e parliamo per esperienza, che qui non sono a temersi gli orrori dell'inverno, ma da fuggirsi i calori dell'estate. Vedi *Altezza* ed *Osservazioni.*

Curia vescovile. Poichè il vescovo di Trento cessò di essere Principe regnante, che fu nel 1803, il palazzo di castello non fu più sua residenza. L'ultimo principe, Emmanuele conte di Thunn, ristaurò con suoi denari la casa dei decani capitolati colla mira di farne episcopio, ma nè egli nè i suoi successori poterono abitarvi, perchè la fabbrica fu destinata da chi ebbe il comando ad altri usi. Il vescovo è per ciò ancor al presente costretto ad abitare casa presa a pigione. Dimora adesso in contrada di San Vigilio vicino al Duomo, ed ivi è anche la Curia.

Dialetto. Quello de' Trentini (intendo parlare della gente incolta, chè i colti parlano il dialetto frammettendo a' loro discorsi vocaboli di lingua scritta) è nella sua purità, per giudizio di molti, uno di quelli che più si approssimano alla lingua nobile d'Italia. Ne diamo saggio nel seguente dialogo tra un artigiano e sua moglie:

St'am, Marietta, se Dio no manda disgrazie, la passerem bem. Zaldo, vim, e legna ghe n'avem, Coi lavoreri che g' o' zà ordinadi per tut l'inverno, ne torem la carne, el stofis, el pam, e el companadeg. Adès coi bezi che m'è vanzà a mi, e con quei che ciaperat ti da to misser pare per interes de la to dota, bisognerà che comprente da vestir, e da far en poc de tela, e prima de tut farem far na pelegrina col so colarim e con na bella lazza per el mattel che no 'l patissa fred a nar a scola. —

Oh sì, brau. Che gusto che 'l g'averà el Bortolim! Toghe subit sta pelegrina, che mi 'ntant no g'ò bisogn. Pensa alle vanità le matte, a mi me premme el mè Bortolim. El sior Direttor el m' à dit che 'l g' à talento, e che 'n scola l' è quiet e dabem. Me par che no 'l deva creder! perchè for de scola l' è tut so papà, el g'à del birichim! —

Sicchè mi som en birichim! La diga su, siora teologhessa. Cossa fazzo mi da dirme birichim? —

Uh, vedel lì, subit smanie! Set en colera?

Mi no. Con ti, el sat bem, no posso andar en colera. Set la me Marietta! Ma dime, cossa gh' at de lagnanze contro de mi? —

Veut che te le diga? Ti set n'arzent vif, g' at del fogo, te lasset qualche volta trasportar da la rabia. E allora... —

Ghe n'en posso mi, se questo l'è 'l me natural? Finalment no ò mazzà nè gnanca mai bastonà nessum. —

Anca de queste ghe voria per far morir de passiom to mojer, e rovinar to fiol! El natural, caro ti, bisogna vardar de coregerlo. E ti che set pare g'at obbligo maggior. To fiol, che l'è to fiol, vif e rabioset anca el, g'at osservà no? l'à tolt su el to vizio. E chi bisogna rimediarghe; e tocca a ti col moderar le to impazienze. Se nò la ne passerà mal... Mo vardè che sugo! Adès el pianze? Cossa g'at po? T'ò fat dispiazer? —

Dame la mam, Marietta; te prego dame la mam. —

E po? Ma no pianzi no. —

G'at resom, resom da vender. Quando la me salta som na bestia. Anca l'altro di ò fat pianzer el garzom col cridarghe, e per nient. E l'è 'n bon zoven, e brau che 'l faria i pei alle mosche. Ghe domanderò perdom. E a ti te prometto su sta cara mam che me emenderò, perchè vedo che dago scandol a me fiol e che ti g'at passiom. Domam vado a confessarme. E ti, che set n'Anzol, prega per mi, prega che 'l Sioredio me perdona e che'l me ajuta.

Diocesi. La diocesi di Trento contava, dice Lewald il veridico, 150,000 anime. Quando ciò fosse noi nol sappiamo. Ma egli e il Mercey, che furono qui di passaggio, sanno tutto quello che ci risguarda su per le dita! Al presente, dopo che vi fu aggregata una parte di quella di Coira, cioè il Menanese e la Valvenosta, il numero de' Fedeli ascende a 399,193. Il che vuol dire che dal tempo ignoto di cui parla il Lewald, la popolazione di questa diocesi è aumentata di 200,000 individui, cioè, più del doppio, perchè i paesi nuovamente aggregativi non contano 50,000 anime.

Distanza di Trento dalle seguenti città calcolata a miglia italiane. Da Bassano miglia 48. Da Venezia 83. Da Verona 52. Da Brescia 75. Da Milano 126. Da Bolgiano 32. Da Bressanone 54. Da Innsbruck 97. Da Coira 190. Da Monaco 172. Da Salisburgo 184. Da Vienna 360.

Da Trento alla sommità del Brenner, donde scende lo Eisack, l'Isarco, il quale mette in Adige sotto Bolgiano, la distanza è di miglia 78.

Da Trento fin presso alle sorgenti dell'Adige la distanza è di miglia 90.

Dominatori. Quando Trento col suo ampio territorio formava parte dell'antica Rezia, reggevasi, come le altre retiche tribù, a forma di repubblica. Gli Euganei, gli Etrusci, i Galli, che vennero in varj e lontani tempi gli uni dopo gli altri nel Trentino, dominaronvi forse per pochi anni, ma poi, frammischiatisi agli indigeni antichi Tridentini, adottarono la maniera di governo di questi, e furono liberi. I Romani avevano sparso già molto del loro e dell'altrui sangue per avere il vanto e l'utile di poter dominare sopra i popoli, quando venne loro fatto di occupare o colla forza o per volontaria sforzata dedizione questo libero paese. Dopo la guerra retica, postivi presidj, vi dominò alla sua foggia Augusto. Se non che sotto gli altri romani Imperatori, essendo Trento divenuto colonia, il reggimento fu misto, cioè monarchico e popolare. Dopo le incursioni di Odoacre signoreggiovvi Teodorico re d'Italia a suo talento, e cosi fecero pure gli altri principi Goti. Scacciati questi dai generali di Giustiniano, restò il Trentino per breve tempo soggetto al greco Imperatore. Vennero poscia i Longobardi, e governarono questa provincia per Duchi, i quali avevano ampia autorità in ogni ramo di amministrazione. I Re d' Italia francesi, posto fine al regnare de' Longobardi, comandarono qui come nel resto del regno, dividendo il potere col clero e coi nobili, e mandandovi Duchi ancor essi. Al modo stesso imperarono i Re italiani dopo l'estinzione della francese dinastia, e non altramente fecero gl'Imperatori tedeschi che furono Re d'Italia. Entro questo periodo però i governatori ebbero titolo ora di Duchi, ora di Conti, ed ora di Marchesi. E convien notare che, già dal tempo in cui reggevano i Franchi, i nostri Vescovi ebbero, ora più, ora meno, parte ancor essi al temporale governo. Il vescovo Odescalco usò, nel secolo nono, de' beni della Chiesa per animar e premiar chi la difendeva, non facendolo il Re, dagli Ungari oppressori. Il vescovo Manasse fu, nel decimo secolo, Marchese, ed ebbe soldati, cui comandava per un suo cherico. Ottone Magno e i suoi successori accordarono, come ognuno sa, potere e giurisdizione al Clero per opporlo ai feudatari insubordinati. Quando Corrado, appellato il Salico, cedette e donò, l' anno 1027 e 1028, al vescovo Udalrico II il dominio temporale su tutto il Trentino, come aveanlo avuto i Duchi, i Conti e i Marchesi, l'Imperatore, per determinare i confini, chiese il consenso e la collaudazione del Vescovo. Dopo quel tempo imperarono i Vescovi col titolo e coll'autorità di Duchi, di Conti, e di Marchesi, avendo più tardi assunto il titolo e la dignità di Principi. Alcuni Conti del vicino Tirolo, fattisi avvocati e protettori della Chiesa di San Vigilio, contrastarono ai Vescovi la temporale signoria; e sebbene i Vescovi e i Papi e gl'Imperatori vi si opponessero, smembrarono tuttavia notabilmente il principato, pigliando per sè alcuni tratti di paese che appellaronsi Giurisdizioni. Del resto, salvi ne' Conti del Tirolo i privilegi d'Avvocazia stabiliti da replicate convenzioni che si dissero Compattate, e salvi i diritti di supremazia negl'Imperatori, i Vescovi Principi di Trento furono Sovrani indipendenti, il che provarono coll'essere nel nostro paese Legislatori, e col conchiudere trattati di alleanza e fare cambj di territorj cogli stessi Conti del Tirolo, i quali per più titoli riconoscevansi vassalli della Chiesa trentina, ricevendone investiture. Conservarono i Vescovi Principi il sistema feudale già stabilito ab antico, e alcuni feudatarj ebbero ne' loro distretti l'amministrazione della giustizia civile e criminale. Ma essi accordarono o confermarono anche ai Comuni, nelle loro così dette Carte di Regola, grandi privilegi che equilibravano il potere di quelli. La città sostenne sempre una specie di municipale indipendenza. Di che luminosa prova è che essa faceva da sè i propri statuti, sottoponendoli soltanto all'approvazione de' Vescovi Principi. Del quale privilegio godevano, com'è detto, anche i comuni del contado, facendo le proprie Carte di Regola. Colla pace di Luneville, 1802, fu questo principato trasferito in potere dell'Austria, che lo unì alla provincia del Tirolo. Presto dopo fummo parte del regno di Baviera, poi di quello d'Italia, fondato e retto da Napoleone, e finalmente riuniti al Tirolo formiamo con esso una sola provincia, colla distinzione di Tirolo italiano, e siamo governati dagl'Imperatori dell'Austria.

Episcopio. Vedi *Curia.*

Epoca. Le principali epoche della trentina istoria sono le seguenti: 1.º Fondazione di Trento, anteriore, secondo ogni probabilità, a quella di Roma. 2.º Il Trentino soggetto per intero ai Romani, a' tempi d'Ottaviano Augusto. 3.º Venuta de' Longobardi e stabilimento del longobardico regno, di cui il Trentino fu provincia, sul finire del secolo sesto. 4.º Conquista fatta del Trentino da Carlo Magno, e fondazione del nuovo regno d'Italia, alla fine del secolo ottavo. 5.º Il Trentino divenuto principato ecclesiastico sul principio del secolo undecimo. 6.º Il reggimento del vescovo Egnone, uomo d'ardimento imperterrito e d'irremovibile fermezza, verso la metà del secolo decimoterzo. 7.º Il governo di Bernardo Clesio, e il Concilio ecumenico, nella prima metà del decimosesto secolo. 8.º Il Trentino unito, sul principio del secolo decimonono, alla provincia del Tirolo, sotto il dominio della Casa d'Austria. Vedi *Dominatori.*

Festa o Fiera di San Vigilio. A' ventisei del mese di giugno si fa ogni anno in Trento solennità in onore del principale protettore della diocesi S. Vigilio nostro vescovo e martire. Lewald ne fece stampare e ristampare una descrizione, la quale ha molto divertito quelli che ridono volontieri a spalle di noi poveri Italiani senza coltura e senza forza. È vero quello che ei dice della grande affluenza di gente, e de' molti divertimenti che vi si danno. Ma è un motteggio offensivo delle molte nobili e ricche famiglie della città e della provincia, il dire che a questa festa si veggono tre carrozze. Ei dice di avere vedute due dame vestite pomposamente, ed osservato che le altre portavano abiti da ballo. È probabile che tutte queste sue dame fossero cameriere, perchè in quel dì le dame vanno alla messa, e poi restano in casa per non mettersi nella folla. È poi falso che i Trentini credano essere questa solennità una gran maraviglia; e falsissimo che i cittadini si abbassino a fare i giocolieri per carpire denari onde torsi in quel dì una pasciuta. Nota egli esservi gran movimento e trambusto a questa festa; gl'Italiani sono vivaci, manca loro una certa gravità, ci vuole pazienza; ma ei guardossi bene dall'osservare che tutto passa con ordine e fratellanza. Egli si è divertito a vedere i buffoni e ad udire il ciarlatano, gente di cui è feconda sola la incolta Italia! Piacciono ancora a noi i sali e le lepidezze di costoro. E doniam loro qualche moneta, perchè non ci dicono ingiurie, e non insultano ai nostri sacerdoti, come quelli che ci vendono care le loro maldicenze.

Insegna. L'aquila semplice colle ali distese, che vedesi in vari luoghi della città scolpita o dipinta, è l'insegna di Trento. Una volta il Magistrato se mostravasi al pubblico in corpo, si faceva precedere dalle aquile fuse in argento. Le lettere S. P. Q. T., che pur si veggono scolpite, sono le iniziali di Senatus Populus Que Tridentinus. E questo è anche prova di quanto dicemmo sopra all'articolo *Dominatori.*

Lapidi romane scritte. Se ne veggono: 1.º nel palazzo del civico Magistrato; 2.º in piazza del Duomo, sul muro della casa de' signori Bertolini, e nel cortile del dottore Garzetti, professore d'istoria e filologia in questo Liceo; 3.º presso il C. Simone Consolati; 4.º nel suburbano del C. Giovanelli; 5.º nell'esterno della chiesa di Piè di Castello; 6.º sul colle o dosso di Trento. Altre non poche si conservano nelle valli trentine. Cresseri, Tartarotti, Stoffella, Giovanelli, letterati nostri, scrissero interpretandole e dilucidandole libri eruditi. Ne scrisse anche il signor Labus; ed udimmo testè con somma soddisfazione, che questo dotto sia per dare alla luce tra poco un Museo tridentino, dalla sua eruditissima penna illustrato.

Lavori pubblici. Da qualche lustro in qua, segnatamente dacchè al Magistrato presiede qual podestà il C. Giovanelli, molti furono i lavori pubblici condotti a fine in questa città. Opere nuove sono la piazza delle Erbe, che pria dicevasi delle Oche, la fontana presso la chiesa di San Pietro, il macello, il lastricato e i comodi selciati delle vie, opere lodate anche da Lewald, i canali scavati nella pietra, il luogo di passeggio e le arginazioni su la destra del Fersina, il sontuoso cimitero, il ponte di San Lorenzo, ec., ec. Più altri si disegnò di eseguirne utili o decorosi, quando il governo, che risiede in Innsbruck (dove pur si fecero da quel valente signor podestà, sull'esempio di Trento, laudabili innovazioni), voglia favorirle e promuoverle.

Letterati. Non scarso è il numero de' Trentini che pubblicarono scritti o poco o molto voluminosi. Sperando che il lettore abbia ad essere lieto d'averne contezza, nominiamo qui i principali, senza assicurare di aver fatta menzione di tutti i meritevoli. Ci è chi crede essere stato trentino *Sesto Rufo*, scrittore di cose romane. Certo è che trentino fu quel *Secondo*, caro ad Agilolfo re de' Longobardi, ed a Teodelinda sposa di lui e vedova di Autari, dal quale trasse Varnefrido, noto sotto il nome di Paolo Diacono, parte delle istorie de' Longobardi. E venendo a' tempi a noi più vicini, la città di Trento conta un *Martini* Gesuita, di cui si hanno relazioni su l'Impero della Cina; un *Sardagna*, che ridusse a facil metodo la teologia; un *Giacopo Cresseri* e un *Gentilotti*, versatissimi nelle antichità, specialmente trentine; un *Bernardino Pompeati*, giovane poeta; un medico, *Giuseppe de Lupis*; e, per tacere di altri, il *Rovereti* e il *Borsieri*, medici in tutta Europa famosi. Rovereto va gloriosa di un *Girolamo Tartarotti*, d'un *Clementino Vannetti*, d'un *Rosmini*, istorico, ec., ec. L'opera del primo: *Del Congresso delle Lamie*, basta sola ad immortalare l'autore e la sua patria. *Clemente Baroni* da Sacco fu istorico. *Nicolò conte d'Arco* da Arco era sommo poeta. Il *De Gasperi* da Levico dettò scritti istorici e polemici. Scrisse di cose istoriche *Bortolamedi* da Pergine. Cinque grossi volumi di trentine memorie mandò fuori il *P. Bonelli* da Cavalese. Dettò scritti di giurisprudenza *Luigi Prati* da Tenno. La Naunia, ch'è tra le valli trentine la più popolosa, vanta un Conci, o *Aconcio*, di Ossana, filosofo; un *Antonio Quetta* da Quetta, giurisprudente; un *Busetti* da Rallo, che imitò felicemente, poetando, il Petrarca; i Gesuiti Bonanni, che lasciò opere sopra la storia naturale, la numismatica, ec. *Chini*, autore della miglior carta corografica che si abbia della California; un *Menghini* da Brez, che diede fuori dissertazioni mediche; un canonico *Cristani* da Rallo, del quale abbiamo un trattato sull'agricoltura, ed uno sull'educazione de' giovaui contadini; un *Giacopo Maffei* da Revò, che fece stampare i periodi istorici e la descrizione della Naunia. Tre sommi furono il *Martini Carlo* da Revò, il *Pilati* da Tassullo, il *Barbacovi* da Tajo, i quali ottennero nella repubblica dei dotti molta celebrità. — Lasciarono manoscritti preziosi *Ambrogio Franco, Ignazio da Prato*, un *D.ͬ Ippoliti*, il *P. Giangrisostomo* da Avolano, il *C. Carlo Martini* da Calliano, il Vescovo Principe *Felice degli Alberti*, e questi trattano tutti d'istorie trentine. — Scrittori viventi sono *Tecini Francesco, Maffei Giuseppe, Maffei Andrea, Giovanelli Benedetto, Zajotti Paride, Rosmini D. Antonio, Mazzetti D. Antonio*, Eccellenza, *Scari Girolamo, Perini, Clok, Sartorelli, Marsili, Telani, Filos, De Vigili, Garbari, Negrelli, Dalla Bona*, ed altri ancora, intorno ai quali seguiremo il precetto, non curato dagli adulatori: *Lauda post mortem.*

Libraj. Lo stampatore e librajo signor *Monauni*, che dà fuori il giornale: *Ristretto de' foglietti universali*; abita in contrada Lunga vicino al cantone; *Rasini* in contrada Oriola; *Marietti* in piazzola presso alla torre di piazza del Duomo. Questi librai sono forniti di opere moderne, specialmente italiane, e ricevono commissioni per l'estero. I due ultimi vendono anche incisioni e stampe d'ogni genere. Marietti è anche calcografo.

Medici. Trento, patria dell'Alessandrini, del Rovereti, del Borsieri, del Dalle Armi, ebbe ed ha valenti dottori in medicina; e sarà di conforto per chi fosse sventurato a segno di cadere qui malato, il potere sperare, mediante il loro soccorso, la perduta sanità.

Mendicanti. Non vedi in Trento mendico che ti assalga e importuni su per le vie. Il vecchio, l'infermo, l'indigente, il poltrone e il dabbene cui manca lavoro, sono assistiti nelle case loro, o ricoverati nell'Istituto a ciò fondato in questi ultimi anni.

Mercati. Dicemmo de' mercati che si tengono in Trento a San Martino e alla Casolara. Aggiungiamo che tutti i lunedì d'ogni terza domenica del mese sono pure destinati a mercato di animali. Il dì 10 d'agosto, festa di San Lorenzo, e il 24 dello stesso mese festa di San Bartolomeo, adunansi in Trento mercanti di seta, e vi si fanno compere e vendite considerabili.

Messa. Ne' dì festivi si legge messa in tutte le chiese la mattina per tempo. Alle undici la si può ascoltare in Duomo e in Santa Maria. L'ultima si celebra in Duomo alle undici e mezzo.

Modiste. Se qualche signora viaggiatrice abbisognasse di qualcuna delle molte coserelle che servono al donnesco ornamento, sappia che qui le modiste sono fornite dell'occorrevole, e che goderanno di fare onesto guadagno servendole prontamente.

Moneta. Il *Tron* e il *Fiorino* sono le due ideali monete di questi dì nel Trentino. Il Tron è la lira trentina di venti soldi. Cinque troni fanno un Fiorino, che vale cento soldi trentini, o sessanta carantani. Abbiamo il *Fiorino* viennese, il tirolese, l'imperiale e l'abusivo di piazza. Il fiorino viennese è mezzo tallero, ossia lire austriache tre, e la lira austriaca è il pezzo d'argento da venti soldi, o carantani viennesi. Il fiorino tirolese importa in calcolo un cinque, l'imperiale un venti, e l'abusivo odierno un venticinque per cento più del viennese. Sicchè fiorini 100 di Vienna fanno fiorini 105 del Tirolo, fiorini 120 dell'Impero, e fiorini 125 abusivi, o a corso di piazza. Cosi una lira austriaca vale al corso viennese carantani 20, al tirolese 21, all'imperiale 24, e all'abusivo 25. La lira austriaca vale circa 20 centesimi austriaci meno del franco.

Monte di Pietà, Montesanto. Aveva Trento un fondo per fare pubblico prestito, ossia un Montesanto, ma le ultime guerre furono causa che venisse distratto. È dovuto il merito di avere legato un forte capitale, acciocchè abbia a rinovarsi e sussistere questo benefico istituto, al sig. Andrea De Bassetti da Trento.

Musica. Amasi generalmente in Trento di udire canti e suoni; i giovani, e specialmente le donzelle nobili, imparano musica: ma, poichè mancano fondi onde offrire soldo stabile a chi non potrebbe dedicarvisi per solo divertimento, il desiderio comune è rare volte soddisfatto. Le società sono divise, e per ciò ristrette a piccol numero, il che fa che vi è poca emulazione e poco diletto. Una sala pubblica, dove senza riguardo potrà comparire ogni dilettante, sveglierà e manterrà il gusto per il nobile, onesto, ed utile passatempo del suonare e cantare.

Navigazione. L'Adige, che d'inverno comparisce piccolo fiume, è nelle altre stagioni sì ricco d'acqua, che porta grandi zattere e barche. Esso è navigabile in su fino a Bronzolo, poco discosto da Bolzano. Trasporti di merci, legnami, ec., si fanno in giù sulle zattere; su le quali si veggono talvolta comparire numerose turbe di gente che non vogliono o non possono battere la via regia polverosa.

Neve. Non tutti gl'inverni, come notammo altrove, cade in Trento neve. Ma se avviene che ne caggia, sia poca o molta, è trasportata subito ne' canali e condotta fuori delle mura; e per le vie e le piazze si va e si viene a piedi asciutti anche nella rigida stagione.

Orti. Non pochi sono i signori e mercatanti che si dilettano di coltivare piante esotiche e nostrane; ma, per difetto di spazio in città, fassi la coltura nelle vicine ville; dove si veggono orti e giardini disposti senza lusso, ma pure con gusto. Evvene uno in città ad occidente del Duomo giù presso le mura, proprietà dell'abate Cappelletti. Il suo ortolano regala alle gentili signore, ricevendo mancia da chi le accompagna, belli odorosi mazzetti.

Osservazioni metereologiche. L'egregio nostro abate Lunelli, professore di fisica, stampò le sue osservazioni di quindici anni fatte in Trento, alto sopra il livello del mare 160 metri. Da queste risulta: 1.º Che in tutti questi 15 anni il termometro si abbassò, nel dicembre , dai 4 fino ai 6 gradi sotto il gelo cinque volte sole; 2.º che la massima di tutte le temperature del dicembre in Trento è di 11 gradi sopra il gelo, la minima di 6 al di sotto, e la media di 0 gradi al di sopra; 3.º che in 15 anni furono per Trento 4 dicembri con neve e pioggia, 7 con sola pioggia, e 4 senza neve e senza pioggia, e che per ciò Trento in 15 anni ebbe 11 dicembri senza neve. Vedete *Altezza e Clima.*

Passeggio. Trento, per la ristrettezza della valle, il cui piano è in parte occupato dal fiume, e forse più perchè in passato si pensava poco alla ricreazione e sanità della gente, non ha peranco luogo spazioso abbastanza destinato al pubblico passeggio. Arioso è quello preparato di recente a tal uso, il quale estendesi dal convento de' Cappuccini sino agli argini del Fersina, dove si offrono allo sguardo bellissime prospettive; ma esso è troppo ristretto, ed anche talvolta infestato dalla polvere che sollevasi dalla via. Per ciò la gente nelle ore opportune al passeggiare si va dispergendo in altri siti. Chi sale da piazza di Fiera verso San Bernardino, chi scende al Cimitero e al palazzo delle Albere, altri uscendo per porta di San Martino s'inoltrano su per la ripa dell'Adige, ed altri si portano in giù al ponte di San Lorenzo, avanzandosi fino a Piè di Castello. Il forestiere che ama di veder gente si porti ne' detti luoghi, e gli verrà fatto d'incontrarne molta, specialmente ne' giorni di festa e in tutte le sere dell'estate.

Spezierie. Sono in Trento cinque spezierie, o a meglio dire farmacie. Tre in piazza del Duomo, una in contrada di San Pietro, ed una in contrada del Teatro. Di primavera e d'estate sono gli speziali forniti di bottiglie d'acqua acidola di Pejo, di Rabbi e di Recoaro. Il forestiero che vuol gustare queste acque rivolgasi a loro.

Tolleranza. Il popolo trentino non chiede ad alcuno di qual nazione egli sia, e qual religione professi, quando ciò non avvenga per mera curiosità. Esso ama tutti, e in questo senso è tollerante. Ma egli non soffre poi che alcuno sprezzi le sue innocenti costumanze, o sia ardito di fare oggetto di motteggi o di scherni la Cattolica Religione, il suo culto o i suoi ministri. Avvertiamo perciò con amorevolezza fraterna giovani viaggiatori di non essere facili a trascorrere nel sentenziare. Il mondo è bello perchè ogni paese varia nelle sue costumanze e nelle esterne pratiche libere di religiosa devozione. Notate che parlo di esteriorità; non sono, grazie a Dio, sì debole di mente da poter essere indifferentista; intendiamoci bene. Il carattere di un popolo, i suoi costumi, la sua religione non si conoscono in due giorni. Tutto ha o può avere la sua buona ragione, fuorchè l'operare immoralmente; e nemmeno immorale può dirsi ciò che tal sembra a chi nel giudicare è mosso da falsi principi o da prevenzioni. Se noi sprezziamo le pratiche e costumanze degli altri, gli altri possono per la stessa ragione deridere le nostre. Queste ridicolaggini fecero e fanno gli uomini tra loro nemici. Quando ci ameremo come fratelli? Non vi è mezzo più sicuro di farsi avere in odio che fare il saccente spregiatore. I nomi di Mercey e di Lewald saranno tra noi disprezzati, perchè essi buffoneggiando violarono le leggi della comune civiltà, e si mostrarono stolidamente intolleranti.

Uffizio. Indichiamo i luoghi dove al presente risiedono gli uffizj coi quali può lo straniero aver a che fare. 1.º Uffizio di *Polizia*, in contrada di Santa Maria Maddalena. 2.º Uffizio di *Posta delle lettere*, su la Piazza delle Erbe. 3.º Uffizio di *Posta de' cavalli*, all'albergo di Europa. 4.º Uffizio del

Capitanato circolare, sulla piazza dell'Erbe. 5.º Uffizio di *Finanza* , in contrada di San Marco. 6.º Uffizio di *Dogana*, sulla piazza di Castello, detta la Mostra. 7.º Uffizio *Civile e Criminale*, o *Tribunale di Giustizia*, sulla piazza del Duomo, coll'entrata ad oriente presso la gran torre. 8.º Uffizio di città, o *Magistrato civico*, in contrada Larga; 9.º Uffizio *Ecclesiastico*; vedi *Curia*. Accesso a questi uffizj si ha dalle otto della mattina fino alle dodici, e dalle tre sino alle sei della sera. Le guardie di Polizia, che sono alle porte, adempiono il dover loro a tutte le ore.

Uomini illustri. Dicemmo di nostri scrittori ed artisti in altro luogo. Il paese conta altri celebri personaggi. Per tacere di quel *Festino*, che dall'imperatore Valentiniano fu mandato proconsole in Asia a governare quelle vaste regioni, ci è motivo di credere che trentini fossero anche i due celebri duchi di Trento *Evino* ed *Alachiso*, che a' tempi de' Longobardi fecero a questa provincia l'uno molto bene e l'altro assai male. Anche *Agnello*, vescovo, che resse in que' tempi la Chiesa, fu uomo di gran merito, e pare doversi ritenere parente di Evino. Capitani valorosi e di grido furono un *Giorgio Pietrapiana*, vincitore del duce veneto Sanseverino, un *Galasso*, che militò per Ferdinando II in Germania e nella nostra Italia, e che nelle istorie si fa pari ai Tillì e ai Wallenstein, un *Antonio dalla Valle di Non* (probabilmente Antonio III di Tono), che fu compagno del gran Bajardo alla guerra contro i Veneziani al tempo della Lega. Ugone Candido da *Caldesio*, tre *Madruzzi*, due *Thunn*, un *Firmiano*, un *Clesio*, un,*Migazzi*, furono cardinali di Santa Chiesa. Uomini di Stato e protettori delle belle arti avemmo ne' vescovi *Egnone da Piano*, *Federico Vanga* da Bolzano, *Bernardo Clesio*, *Cristoforo* e *Ludovico Madruzzi*. *Carlo Firmiano* governò con lode la Lombardia, e vi fu rigeneratore de' buoni studj. Quasi tutte le nostre nobili antiche famiglie vantano a ragione buon numero di loro antenati che si acquistarono gloria con opere virtuose.

Valli trentine. Molte sono le valli componenti la provincia che si disse e dicesi il Trentino. Diamo delle principali una brevissima notizia, acciocchè il viaggiatore che volesse visitarle sappia almeno in grosso quello che vi si può vedere di notabile.

1.º La *valle Atesina*, che dalla Chiusa sopra Verona stendesi fino a Trento, e di qui fino a Bolgiano ed a Merano, è lunga e stretta, non però tanto che non si dilati in più luoghi notabilmente. Ascendendo si passa battendo la via regia, che è su la sinistra del fiume, per Dolcè, Peri, Ala, Rovereto, Avolano, Calliano, Mattarello, *Trento*, Gardolo, Avisio, San Michele, Salorno, Egna, Ora, Bronzolo, Bolgiano, senza fare conto di altre piccole terre. Ed è da notarsi che, sebbene da Salorno in su parlisi al presente dalla più parte degli abitanti la lingua tedesca, pure i nomi delle terre sono, come chiaro apparisce, al tutto italiani. La qual cosa si avvera similmente su la destra dell'Adige nei nomi delle terre Cortina, Magredo, Cortaccia, Termeno, Caldaro, Vadena, Ghirla, Piano, Planizie, Lana; come pure in Terla, Maja, Senna, Merano, che sono sopra Bolzano su la sinistra. Le quali denominazioni d'origine latina mostrano che questo bel tratto di paese, com'è per clima, prodotti, e geografica posizione, così fu lungamente anche per lingua italiano. Certo è che fin nel secolo decimoquarto parlavasi in Bolgiano comunemente la lingua d'Italia. Lo afferma il cronista Pincio, che scriveva verso la metà del decimosesto. La valle è feconda in fieno e grano; e tanto nel piano quanto su le pendici e su i colli danno abbondantissimo prodotto i gelsi e le viti. I fiumi e torrenti che mettono in Adige, e questo stesso, obbligato a fare lunghe curve, cagionanvi talvolta danni gravi, e rendon necessarie grandi spese per le arginazioni. Furono da poco in qua sradicate boscaglie e rese asciutte paludi a fine di farne belle campagne e renderne l'aria più salubre. Sua Maestà l' Imperatore offerse notabili somme da impiegarsi all'opera da tanto tempo desiderata di regolare il corso dell'Adige; e quando ciò si effettui, sarà questa una florida e felice vallata.

2.º Sulla sinistra dell'Adige è notabile tra le altre *Valsugana*, per la quale scorre il Brenta, da alcuni creduto il Medoacus, e da Messala Corvino detto Brentesia. Trae questo la sua origine non presso ai laghi di Levico e Caldonazzo, come scrive Lewald (che passò per la Valsugana pieno di cattivo umore e frettoloso, perchè sua *Frau* era spaventata dai ragni, ed esso non trovò cibi convenienti al suo rango e alle sue abitudini), ma proprio dai due detti laghi. Da Trento si va per questa vallea a Bassano, sempre lungo il Brenta, passando di là da Civezzano e Pergine per Levico, Borgo, Castelnuovo, Grigno, Primolano, Solagna, ed altre piccole terre. Essa è molto bene coltivata, specialmente da poco in qua. Il maiz, la vite, il gelso fanno la prosperità del paese, che alleva anche molto bestiame, e vende, in lontane regioni ottime castagne. Quivi furono e sono, come sul Perginese, miniere di ferro, di vitriolo, di allume, di antimonio. E nel monte presso Levico trovansi fonti di acqua vitriolica, alluminosa, ferruginosa. Abbonda anche la valle di Petrificati.

3.º A settentrione di Valsugana è, pur su la sponda sinistra dell'Adige, la valle di *Fieme*, e più verso Trento quella di *Cembra*, per le quali ha corso lo Avisio. Fieme abbonda molto di legname da fuoco e da fabbrica, e alleva con diligenza bestie bovine. Ivi sono le cave di marmo di varie sorti, delle quali parlarono già parecchi celebri naturalisti. In Carano è un bagno frequentato. Que' di Cembra fanno smercio di animali e di castagne.

4.º Su la destra dell'Adige è *Valle di Sarca*, denominata così dal fiume che la divide, mette foce nel lago Benaco, ed uscendone prende il nome di Mincio. Vi si va da Trento per Buco di Vella. Le terre più considerabili di là del lago di Magnano, ora di Santa Massenza, sono Calavino, Lasino, Cavedine, Drò, e poi le città di Arco e di Riva. Riva è città mercantile e posta sul Benaco. Fu qui, fu in Riva che l'osservatore Lewald vide, chi il crederà? vide, cosa nuova e portentosa, una ostessa, che, per essere monda, si lavava la faccia ed il collo! In questo genere di scoperte il Lewald può fare da maestro a tutti gli scrittori di viaggi! In Lasino è una cava di marmo bigio-nero; ed una di marmo a più colori ve n'è pur in Cavedine. I gelsi, le viti, le ficaje, gli ulivi, abbellano questa valle deliziosissima.

5.º Di là di valle di Sarca è ad occidente la *Valle di Giudicarie Citeriore*. Qui pure si coltivano viti e gelsi, e veggonsi filande. In Cumano è un bagno termale che meriterebbe più attenzione di quella che vi si mette. Presso Stenico si precipita dal monte di burrone in burrone una sorgente copiosa di acqua, che forma una bianca striscia in mezzo alle verdi praterie che sono a destra e a sinistra, la cui veduta, abbellita dal vecchio castello, è assai dilettevole, specialmente trorandosi presso al ponte sul Sarca.

6.º Da Stenico lungo il Sarca, o da Villa di Blegio valicando il monte Durone, si entra nella *Valle di Giudicarie ulteriore*, la quale dà le sorgenti al Chiesio che porta le acque al lago d'Iseo ed indi gettasi nel territorio bresciano. Tione è il luogo principale, e di sotto giace Condino e Storo, anticamente Setauro. Da questa valle si passa, volgendo a tramontana, in quella di *Rendena*, ricca di bestie bovine e di selve, che frutteranno denari quando gli abitanti praticheranno vie non solo in giù ma ben anche in su per entrare nella prossima Naunia. Qua entro ha cominciamento il fiume Sarca.

7.º La più ampia e più popolosa delle valli tridentine, dopo l'atesina, è quella che io ho fatto conoscere col libro: *La Naunia descritta al Viaggiatore*. Vi si va da Trento per Avisio e Nave; qui si passa l'Adige per mettersi su la sua destra (da Lewald detta sinistra), e giugnesi in mezz' ora a Mezzo lombardo, d'onde si va al passo della Rocchetta che introduce nella valle. Non diciam nulla della Naunia, perchè ne scrivemmo abbastanza nel citato libretto. Solo aggiungiamo che le strade e i ponti furono perfezionati di molto; che mentre dettiamo questo notizie vi si lavora con fervore; e che in breve la sontuosa opera di ponti e strade, malgrado degli ostacoli che furono frapposti da chi vantavasi di amare la patria, sarà tratta a fine felicemente. Viviamo nel secolo del progresso!

Lewald, fatto estatico dalle molte e varie bellezze che vi osservò, non potè fare a meno di scrivere assai cose vere in favore della Naunia. I Nauni però si credono dispensati dal professarglisi riconoscenti per lo sfregio che va fatto alla loro valle aggiungendo tante e tali falsità da non poterla ravvisare qual è. Questo non è il luogo di noverarle. Ne basta di far osservare che, sebbene confessi di non avere avuto là su il minimo titolo di lagnarsi, pure sfogò, anche parlando dei Nauni, l'odio che lo investe contro tutto quello che è italiano. Sedotto dall'aggiunto nel nome della terra *Mezzo tedesco*, credette di adulare quegli abitanti, Italiani tutti, dicendo che quivi s'incomincia a parlare tedesco, e in premio fece alle loro case coperti belli rossi! Ma poi di *Mezzo lombardo*, che è un bello e pulito borgo, fece una sporca villettaccia, probabilmente ingannato dall'aggettivo lombardo! Sono sviste o sbagli che si commettono per troppo amore verso la propria nazione! Sbaglio però non è, ma bugia, che i Nauni credano alle streghe, ai loro congressi, e ad altre favolaccie che egli narra sfigurando gli avvenimenti; e menzogna e calunnia degna di severa riprensione, è, che per viaggiare nella Naunia sia uopo avere seco un pajo di pistole. Dobbiamo però perdonargli in grazia de' benefizj ch' ei ne ha fatto di trasmutare le nostre quercie in castagni, di creare là dov'è il santuario famoso di San Romedio *un convento magnifico di San Romelio*, e di farci più ricchi assai di quello che siamo!

Vetturini. Chi brama di uscire di città per visitare, i dintorni, o passare in alcuna delle valli, troverà in Trento onesti vetturini, e nelle valli sarà fornito similmente dappertutto o di vettura, o di cavallo, o mulo con sella, e viaggerà con piena sicurezza. Cosi accadde anche al sospettoso Lewald. E sono baje e stoltezze quello che dice, annojando con insulse lungaggini il lettore, delle bricconerie de' vetturini, e dei pericoli di essere spogliato viaggiando pel Trentino. Le generali avvertenze ch'egli dà le sanno tutti, e son necessarie anche nella terra de'Santi, che è la sua patria!

Vino. Piacevole al gusto, e spiritoso, e sano è il vino che bevesi in Trento e nella valle Atesina quanto essa è lunga. Il nostro amico Lewald raccomanda che in Trento si beva acquerello, ossia vinello, e non vino, chè è troppo forte! Guardate mo s'egli non è buon moralista. Il bianco ha un color aureo, e il rosso s'approssima al nero, non per artifiziale composizione, ma per la qualità delle uve. In alcune taverne di Trento potrete berne di quello che, per valermi della frase de' bevoni, consola l'anima. L'ordinario prezzo dell'ottimo è di una lira austriaca per mossa, e la mossa equivale, com'è detto, a due bottiglie di Sciampagna. Del commercio attivo che se ne fa dicemmo in altro luogo. Sul quale commercio non possiamo astenerci dal dire che potria farsi e più comodo agli esteri, e più proficuo ai producenti, se una società di azionisti si formasse, la quale avesse su la via regia in varj luoghi depositi di tutte le qualità del miglior vino che si ha dalle più rinomate colline di tutto il paese.

NOTA.

È desiderio comune a tutti quelli che leggono la descrizione di una città e delle sue vicinanze di avere contezza dell'istoria non solo di essa città, ma anche della circostante provincia. Conoscendo ciò, noi promettemmo di offerire ai nostri lettori una *Compendiosa Istoria di Trento e del Trentino*. Ma, poichè volendole dare compimento, ritarderemmo la pubblicazione della bramata Guida, che si annunziava già l'anno 1834, risolvemmo di mandare fuori per ora questa sola, dando intanto della trentina istoria un brevissimo abbozzo negli articoli: *Epoca, Dominatori, Artisti, Letterati, Uomini illustri*. Non tarderà però molto ad uscire in luce anche l'istoria. La quale daremo in volume separato, acciocchè e sia di comodo ai viaggiatori, e resti libero ad ognuno di provedersi o della sola Guida, o della sola istoria, come gli tornerà o piacerà meglio.

Per secondare il desiderio esternatoci da S. E. il signor presidente Mazzetti, annunziamo che il

Canzoniere del naune Busetti, tratto dalla biblioteca della medesima Ec. Sua, si è stampato poco fa in Milano in bella edizione dal Parola. Ed aggiungiamo che la casa della raffineria di cui è fatta menzione a pag. 51, era abitata, al tempo del Concilio tenutosi in Trento, da' Legati pontifici, e tenevansi in quella da' Padri le congregazioni generali che precedevano le sessioni pubbliche nel Tempio, come in un suo noto libro S. E. dimostrò.

FINE.